U0894987

感动系列 | 最新版

绽放的玫瑰

GAN DONG ZHONG XUE SHENG DE 100 SHOU SHI GE

感动中学生的100首诗歌

总主编◎刘海涛

本册主编◎梁素红 陈 雍

九州出版社 JIUZHOUPRESS | 全国百佳图书出版单位

图书在版编目(CIP)数据

绽放的玫瑰:感动中学生的100首诗歌 / 梁素红,陈雍主编. —北京:九州出版社, 2009.4(2021.7 重印)
(“读·品·悟”感动系列:最新版 / 刘海涛主编)
ISBN 978-7-5108-0032-0

Ⅰ. ①绽… Ⅱ. ①梁… ②陈… Ⅲ. ①诗歌-作品集-世界 Ⅳ.①I12

中国版本图书馆 CIP 数据核字(2009) 第 053897 号

绽放的玫瑰:感动中学生的100首诗歌(最新版)

作　　者	梁素红　陈　雍　主编
出版发行	九州出版社
地　　址	北京市西城区阜外大街甲 35 号(100037)
发行电话	(010) 68992190/2/3/5/6
网　　址	www.jiuzhoupress.com
电子信箱	jiuzhou@jiuzhoupress.com
印　　刷	北京一鑫印务有限责任公司
开　　本	710 毫米×1000 毫米　1/16
印　　张	14
字　　数	195 千字
版　　次	2009 年 5 月第 1 版
印　　次	2021 年 7 月第 5 次印刷
书　　号	ISBN 978-7-5108-0032-0
定　　价	39.90 元

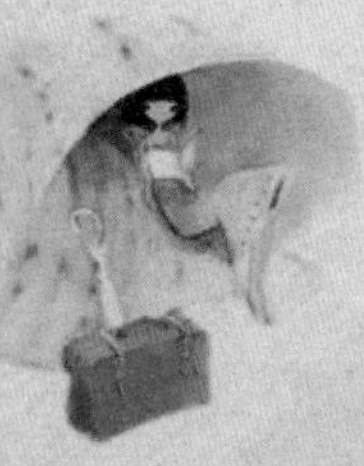

新课程·新学法·新成果

刘海涛

这是一种与以往不同的新的学习方式。

在中小学语文新课标里这种学习方式被定义为探究式学习，在高中和大学里被理解为研究式学习。同学们在教师的指导下，确立了一个探究文学问题的目标，为了解决这个问题就需要重新整合自己过去已学过的知识，重新确定新的阅读材料和阅读方法，通过自己投入身心的感受、体验以及创造性的写作去表达自己的理性认识和审美态度。这种阅读、品味、感悟的全过程就是一种语文选修课（研究型课程）要经历的全过程。这样的课程和过程，有利于培养过去的语文教学中比较忽略的鉴赏能力和语文素养；有利于激活同学们主动地创造性地进行自主学习的积极性；有利于把“成功素质教育”的实施真正落实到教与学的实处。

在大中小学语文学科的教学改革中究竟怎样有效地开发出这种带有研究性质的文学类选修课？怎样引导学生的课外文学阅读？怎样构建同学们开展研究式阅读和创造性写作的教学平台？这样一种“读·品·悟学习法”开始引起了众多师生的关注。“读·品·悟学习法”是让同学们在自己感兴趣的文体中开展广泛的有选择性的文学阅读，在广泛的文学阅读中挑选出一篇或一组真正感动了他们、启迪了他们的文学精品，并把这些挑选出来的文学精品当做他们研究社会、研究人生、研究历史，甚至是研究他们自己的案例。在赏析、解读、研究、评鉴的过程中，他们的思想、感情被文学精品隐含的意蕴激活了，他们联想了自己已经经历的生活，他们想象了自己未曾经历过的生活，他们初步学会了用一种人文社科的研究方法去探究文学案例,并创建一种他们用自己的眼睛和心灵观察过、体验过的生活世界和艺术世界。

多少年来一直被教育理论家倡导的“自主性学习”、“探究式学习”以致那种“快乐学习”、“快乐教育”的情景在这里显现了。同学们体验到了一种自己掌握自己学习的愉悦。他们好像是在大声喧闹着展开一场智力竞赛——看谁选的文章好看,看谁写的研究性文章分析到位,看谁编选的文集拥有的读者多。一种新的阅读方式在这种“竞赛”中启动了,一种真正的“我手写我口”、“我手写我心”的写作本体观在这种“竞赛”中重现了,一种“成功教育”、“快乐教育”的情景悄无声息地来临了……

他们在做着他们的老师在50岁时才开始做的主编工作,他们学会了用青少年的眼光和心灵去选择他们需要的文学精品和文学案例;他们选出来的文学精品甚至让他们的老师大跌眼镜——一些名不见经传的作者和作品频频亮相于他们的文集中——这并不奇怪,因为他们的选文标准是真正拨动了他们心弦的东西。经典的作品因为拨动了青少年的心弦他们选了,不那么经典的作品只要能拨动了青少年的心弦的他们也选。他们工作后的副产品能让许多社会学家、心理学家、青少年思想教育家颇感兴趣,因为这个“感动系列”已经成为一扇把握当代青少年学生的思想脉搏,了解他们那些或者是朴素的、或者是新潮的、或者是另类的价值观的一个窗口。他们的工作也可能会让一些当代文学的研究者、参与者颇感兴趣,他们实际上在做着一项分类准确、原则鲜明的当代文学选本工作,这样的选本可以说是为权威专家的文学选本贡献了一个特定的“补充”。他们的工作还可能会让一些课程理论专家和教学理论专家颇感兴趣,他们“读·品·悟”的全过程不正是一个典型的课程构建过程吗?

“读·品·悟学习法”催生了“读·品·悟感动系列丛书”。这套丛书的组稿与出版,显影了大中小学语文学科正在生长、发育的一种课程新理念,这就是——“审美型阅读、研究式学习、创造性写作”。这个语文新课程理念隐含着成功素质教育的内核,体现着现代教育的真正本质,也为基础教育、高等教育的课程改革培育了一个生动的教学案例。

目录

Part One 阳光心灵

温暖的阳光穿过寂寞的人生隧道，柔和地洒落在人们的心间。阳光修长的手指温柔地抚摸着丛生的万物，流淌着金黄的诗歌。阳光阖合着透明的呼吸，如美丽的双翅翩然，一个个美好的童话轻松地舒展着健美的身躯。于是，我感到欣慰，感到生命蓬勃的成长，一种前所未有的充实，充溢了我的心灵……

目录

Part Two 百味人生

漫漫人生路，走过每一个春夏秋冬，谎言、诅咒、谩骂、讽刺、挖苦、欺骗、骚扰、背叛、刺痛……赞美、尊重、佩服、感动、真诚、微笑、怀念、美好……人生百味——品尝，让我们用诗歌来迎接他们的到来吧！

Part Three

亲情浓浓

“那一片不断擦着的眼睛上面亮着/一盏只有他和我才能看见的/灯”,那盏亮着的灯到底是什么呢?那应该是一盏用心做成的灯,用爱做成的灯,用亲情做成的灯!那盏灯是灿烂的、耀眼的,是永远都不会熄灭的!它会在漫漫的人生道路上,时时刻刻照耀着我们,给我们带来无尽的光明和温暖!

家是一个避风港,可以躲避暴风雨的袭击;家是心灵的护疗所,可以慰藉心灵的创伤;爱是一个动力源,使人充满了力量;爱是一杯温暖的茶,可以驱走心中的孤独……

目录

Part Four 爱情天堂

无声的世界里,我把手伸向你,像伸向一个没有方向的真空世界,却似乎又有信念留存,突然,我听到了爱情最美丽的旋律。

我开始想起自己的爱情,在爱情天堂里,有没有蝴蝶双飞,有没有我等待的你……有没有如连绵起伏的群山,在续写一段缠绵的记忆;有没有如大海飞溅的浪花,在诉说一段凄美的往事。我真的很希望跳动在字里行间的音符与旋律,会让天堂的你感觉到我永恒的心灵!

Part Five

社会视角

诗歌对社会现实有着忠实的记述能力，有一种扎根生存状态、呈现悲悯本性的道德力量，在这里诗歌有了心灵的力量。社会似乎遗忘了诗歌，然而诗歌并没有遗忘社会，物质生活里我们依然需要诗歌，诗歌关注当下，关注现实的视角没有动摇，从诗歌中我们依然能看出生活的本真和情感的力量。

Part Six

往事如烟

往事如烟。回想，多少过去的事情又重现眼前，像一团迷雾笼罩在心头。往事如烟，可以随风逝去，可是那些被岁月烙在心上的痕迹，谁又能抹去呢？

如今，萦绕在心头的依然是挥洒不去的淡淡伤感和刻骨的回忆，剩下的只能是那长长的一声叹息……

Part One 阳光心灵

温暖的阳光穿过寂寞的人生隧道，柔和地洒落在人们的心间。阳光修长的手指温柔地抚摸着丛生的万物，流淌着金黄的诗歌。阳光阖合着透明的呼吸，如美丽的双翅翩然，一个个美好的童话轻松地舒展着健美的身躯。于是，我感到欣慰，感到生命蓬勃的成长，一种前所未有的充实，充溢了我的心灵……

生命是上天赐予的一份礼物。双手接过礼物，往后生命中的一切我们都得接受，不论贫富贵贱，还是喜怒哀乐。

礼　物

[波兰]切斯瓦夫·米沃什　西　川/译

如此幸福的一天。
雾一早就散了，我在花园里干活。
蜂鸟停在忍冬花上。
这世上没有一样东西我想占有。
我知道没有一个人值得我羡慕。
无论遭受到怎样的不幸，我都已忘记。
想到我曾是同样的人并不使我难为情。
我的身体里没有疼痛。
直起腰，我看见蓝色的海洋和白帆。

心的馈赠 ◎ 毛文丽

这是一首安静平和、从容不迫、单纯快乐的诗。此时的诗人，离欲望很远，离尘世繁华很远，能够专注于自己喜欢的事情，能够为自己现在拥有的而感觉幸福。“幸福的最大障碍就是期待过多的幸福”，诗人领悟了，所以说“这世上没有一样东西我想占有”，这是人生知足。他更乐观坦然地承担了命运交给他的痛苦的一切，并且将这些痛苦视为可以忘记的无关紧要的东西，妥当地安排在心情以外，获得了平静淡泊，无欲无念的一颗平常心。于是他发觉，自己在尘世间认识到了最终的幸福，那就是对生活的热爱，对健康身体的感恩，对生命的豁达，对苦难的坚强承受。原来，幸福无处不在。

诗歌内容看似随意，却蕴藏着浓浓的人生哲理：生命是上天赐予的一份礼物。双手接过礼物，往后生命中的一切我们都得接受，不论贫富贵贱，还是喜怒哀乐。如若乐观坦然地面对生活，我们就会看到幸福的真面目，那其实就是一份美好的心态，一种悠游自在、徜徉自适的心境，一种超脱的人生观。诗歌的语调平和安静，格调清新自然，一份恬淡流淌于诗的字里行间。

我们之所以富足而空虚，是因为抓在手里的太多，把什么都看得太重，于是拥有的就成了负担。试着用静淡的心态来面对人生吧！

槐花在夜色中落下

四　野

四月　我们已置身于爱情
不能自拔　耳朵和眼睛

在清风拂面的夜晚 静止
四月 槐花在夜色中落下
洁白的雪 让石头和石头
树枝和泥土相爱
淡淡的清香就在今夜
让人想起家 想起童年
想起丢失已久的平静
和远方那一盏疏远的灯
槐花 穿着婚纱的新娘
拥有你 就拥有房子和伞
四月 槐花在夜色中落下
风从恬静的海面吹来
夹在指间的怀念 变成了
柳哨
衔在燕子唤归的门槛上
这些年 我已不善于抒情
槐花落在掌间 只有石块
落地的声音 静穆的槐
从冬天封冻的土壤里走来
它的脚下 野草已经葱郁
蚯蚓在大地的母体中穿行

淡静如槐 ◎ 陈罗华

人生，应静如夜，淡如槐。

宁静的夜晚，作者沐浴着和谐的海风，置身于满树槐花下，满腹心事。以爱情落笔，挑起我们心头最敏感的琴弦。圣洁如雪的是槐花，也是爱情。整首诗仿佛送来阵阵暗香，让读者心头回归平静：思念家乡，和逝去的童年往事……淡淡的在心头萦绕。日间赤裸裸的奔走，已无暇去回味与怀念些什么。只有在宁静的夜晚，才能让我们有片刻的柔情舒展自己的情怀。

丝丝的感动之余，希望我们的人生也是如此：静如夜，淡如槐，却仍有希望的种子在生根发芽。夜虽静，却不至于让人在激流暗涌的日光下迷失自我；槐花虽淡，却始终有洁白如雪的品质，晶莹剔透，清香阵阵。我们之所以富足而空虚，是因为抓在手里的太多，把什么都看得太重，于是拥有的就成了负担。试着用静淡的心态来面对人生吧！因为，槐花在夜色中落下，真的很美。

自己眼中“极端的秋天”只不过是内心极端的想法而已。

极端的秋天

树　才

秋天宁静得
像一位厌倦了思想的
思考者。仍然
宁静而痛切地
沉思着。

秋天干净得
像一只站在草原尽头的
小羊羔。她无助
而纯洁，令天空
俯下身来。

树叶从枝丫上簌簌飘落。
安魂曲来自一把断裂的
吉他，思想对于生命，
是另一种怜悯。

所幸，季节到了秋天，
也像一具肉身，
开始经历到一点点灵魂。

秋天总让人想起什么，想说什么。
树木颤抖着，以为能挽留什么，
其实只是一天比一天地
光秃秃。

秋天是一面镜子。我把着它
陷入自省，并讷讷地
为看不见的灵魂祈祷。

清秋明镜 ◎ 古宝滟

萧瑟秋天，万物凋零，最易牵动诗人敏感的情愫。诗人把对秋天细腻的体验巧妙地转化为隽永的文字，令人感到缕缕忧愁。

即使秋天宁静得令人厌倦，诗人仍要“宁静而痛切地沉思着”。在清冷的秋天，诗人独自彷徨着，思索着，乱糟糟的思绪痛切地绞着心头。然而，对生活的热切追求又鼓励着诗人继续艰难地思考。无助的诗人本想从“安魂曲”中寻找一份安慰，但曲子却是从“断裂的吉他”中奏出，伤感就更凝重了。但诗人并不悲观，他找到思想这一武器来安抚躁动的生命。最后，诗人终于从思考中慢慢地走出彷徨，“开始经历到一点点灵魂”，他清醒地认识到飞逝的时光根本不能被挽留，青春却会一天天地衰退。“秋天是一面镜子”，真是一语惊醒梦中人！诗人发觉自己眼中“极端的秋天”只不过是内心极端的想法而已，由此诗人开始了对自己灵魂的自省与祈祷，生命有了一个新的开端。长久奔波于劳碌的生活，难免悲伤愁闷？但这不要紧，重要的是能从生活的镜子中自我反省，并懂得“为看不见的灵魂祈祷”，这应该是该诗给我们的最大启示。

你一定是觉得这样的夜晚是属于你自己一个人的，心事也只属于你自己。你愿意深入内心，释放自我。

月光

江 河

你到月光里去跳会儿舞
一个人去

光着脚去
我不看你
你轻轻地跳就行了
我听不见你
你跳时别忘了看看自己
不用消失进月光里
我先不想你
看看颈窝里鸟睡了吗
你侧过头
看着头发怎样在背上拍你
你再看月亮时
你再哭出声来的时候
就知道头发怎样在身后
抚慰你
你喜欢在夜里听短小的曲子
使你入睡前
不觉得夜有那么长
你在月光里跳舞也那么小
小得月光银银漫过了长夜
这时你会看到
月光把影子在你身上移来移去
你摆弄你的心思
像弹奏那些短小的曲子
我想你在月光里看自己跳舞
我看不见你
我用你的眼光看
你轻轻跳就行了

我不听你

我知道你不愿意让月光听见

你想让夜静得什么也听不见

月光之舞 ◎ 刘秋波

《月光》宛如一串轻巧的音符在耳边萦绕，又像一幅静寂朦胧的画卷在眼前展开。然后，诗歌中的所有事物、情感都从轻巧的音符、朦胧的画面中逐渐浮现。

诗中似乎出现了两个人，一个“我”加一个“你”。但终究而言，只是一个人在诗中罢了。“我”是本来的我，“你”是“我”的灵魂，是“我”的内心，于是，“我”对“你”的一些话语其实就是自我对话。

看，夜晚来临，银雾般的月光洒向大地，穿过树林，落下一地闪闪烁烁的碎玉。“我”便希望自己的灵魂能在这个有月光的夜晚里，踩着月的碎玉，翩翩起舞。而且是光着脚丫，不拘束，也没有任何顾虑地，把真实的自我，内心深处最实在的心情以舞姿展示给月光。然而，放飞灵魂的“我”还是要做一番叮嘱：当你把自己的心情和一些情绪晾晒于月光底下时，“别忘了看看自己”，好好想想产生这些情绪的原因，认真审视一下所走的路，不要让这些情绪蒙蔽了你的理智，梳理情绪并不等于放纵你的情绪。

“我”清楚内心的自己——“你”，往日满腹心事，所以每晚总要枕着音乐才能入睡。今夜，“你”的忧愁定是如月光般倾泻不止，不能寐，所以“我”希望“你”揽衣到月下诉愁去。可是跳舞的“你”并不能高兴地放开步子来，只能流着泪。“我”便提醒说“看着头发怎样在背上拍你”，其实“你”有足够的力量安慰你自己，即使没有其他的安慰也不要紧，“你”还有你自己。这时，月光也不忍看“你”的忧愁，游移着月影，像是在安慰说，孩子，别难过。可是你想避开这些安慰的言语，把自己的心思收藏好。

“我”最终还是理解了“你”——我的内心。“你”一定是觉得这样的夜晚是属于你自己一个人的，心事也只属于你自己。“你”愿意深入内心，释放自我，也愿意让月光看见你忧愁的姿态，却并不愿意让它了解你的心事长个什么模样。

诗的语言含蓄、平静、恬然。拟人手法运用娴熟，把月光和头发都拟人化为安慰“我”内心的安慰者。整首诗富于朦胧美，把“我”的心情寓于月光如水的景中，情景交融，创设出无比唯美的意境。

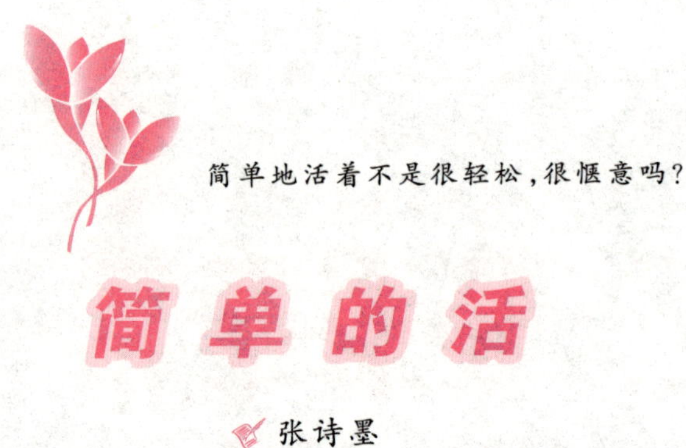

简单地活着不是很轻松，很惬意吗？

简单的活

张诗墨

当我笑的时候，总是有人问：
为什么要笑？
我告诉他们：
因为我快乐。
他们接着又会问：
为什么快乐？
我告诉他们：
因为我笑。

当我哭的时候，总是有人问：
为什么要哭？
我告诉他们：
因为我难过。
他们又会接着问：
为什么难过？
我告诉他们：
因为我哭。

笑不需要理由，它是我们爱的曲。
哭不需要理由，它是我们心的歌。
不要有太多的苦恼，不要有太多的烦躁。
不要把封闭自己的墙，建得太高。
不要把囚禁心灵的锁，上得太牢。
为该哭的事哭，
为该笑的事笑。

我在哭，
我在笑，感觉到了吗？
真实，简单地活着真的挺好。

呼 唤 真 诚 ◎ 欧积德

这首诗歌，语言简单质朴，但是它散发出的真诚却令我们为之动容。来自心灵的真诚深深感动了我，我似乎看到自己已经远去的真诚重新归来了。曾几何时，当我们渐渐长大，似乎已经忘记了如何表达个人的真情实感。太多的人把封闭自己的墙，建得高高的；太多的人把囚禁心灵

的锁，上得牢牢的。在虚假的面具里，生活的诗意消失殆尽。因为快乐，所以我肆无忌惮地开怀大笑；因为难过，所以我痛快淋漓地痛哭一场。就这么简单，却有太多的人做不到。

哭和笑是我们最原始的宣泄情感的方式，为什么我们要把它们搞得那么复杂呢？“为该哭的事哭，为该笑的事笑。”简单地活着不是很轻松，很惬意吗？透过诗歌的语言，溶入个人的生活感受，“简单地活着”实在值得我们回味、深思。

保持那颗纯洁而永远年轻的心，把爱与心的凝聚之晶莹投给黄昏的郊外，投给那亲切而自然无羁的生活。

郊　外

吉小吉

黄昏。小鸟还在
小鸟们的悦耳笑语还在
微风走过来告诉我
附近村庄的炊烟还在
野花们都还在
野花们就要把小路拦住了
但没有把我的脚步拦住

而路边的牛粪还在
粪壳虫忙碌着。粪壳虫还在
这时有一头牛在喊我
一头牛大声喊我。它喊我回到
一种遥远、熟悉而亲切的生活
这时夕阳照着我。这时夕阳还在
我摸摸胸口
我暗地里庆幸
我童年的心跳，还在

鸟语花香 ◎邓 挺

整首诗以“还在”的口吻，以悠扬轻快而隽永的情韵，一层层地剥开大自然的美，鸟的歌唱，风的舞动，花的惬意，牛的呼喊，让大自然慢慢地展现出一幅幅柔美而沁人的画卷。表现了诗人对美好自然景观的向往和渴望，同时希望人类不要拒绝大自然的美的情怀。

丰满而富有情趣的景物，犹如浮在浅浅的梦里的少女，舞动着婀娜的姿态。飘逸的罗裙，在夕阳余晖的映照下，映射出蒙蒙的动人的丝缕。但这“遥远、熟悉而亲切的生活”又寄予“牛的大声喊我”，像是招呼，又更像是在警示：与大自然美好和谐的生活是否已离我们愈来愈远。诗人追忆着童年的点点滴滴，并陶醉于童年的温馨和大自然的美妙。揭示了诗人对郊外的爱恋和深深地怀念过往的情趣。同时也暗示了城市的生活让诗人感到厌倦与迷茫。

作者庆幸自己童年的心跳还在，实乃启发读者应保持那颗纯洁而永远年轻的心，把爱与心的凝聚之晶莹投给黄昏的郊外，投给那亲切而自然无羁的生活，去营造一片充满希望、真情、柔和而淳朴的天地。

没有纷繁复杂的精神困扰，也没有角逐名利的欲望，只有一份坦然平和的自然心境默默地品味着简单而实在的世俗生活。

面朝大海，春暖花开

海　子

从明天起，做一个幸福的人
喂马，劈柴，周游世界
从明天起，关心粮食和蔬菜
我有一所房子，面朝大海，春暖花开

从明天起，和每一个亲人通信
告诉他们我的幸福
那幸福的闪电告诉我的

我将告诉每一个人

给每一条河每一座山取一个温暖的名字
陌生人，我也为你祝福
愿你有一个灿烂的前程
愿你有情人终成眷属
愿你在尘世获得幸福
我只愿面朝大海，春暖花开

太虚幻景 ◎ 张文英

“初恋情人B即将远渡重洋，定居异国他乡”的消息拨动了诗人海子敏感而柔软的心弦，撩动了诗人对单纯的世俗生活的原始渴求。诗的开篇就用单纯而软和的笔触描绘了他梦想中的幸福生活——“喂马”、“劈柴”、“周游世界”、“关心粮食和蔬菜”、“有一所房子，面朝大海春暖花开”，没有纷繁复杂的精神困扰，也没有角逐名利的欲望，只有一份坦然平和的自然心境默默地品味着简单而实在的世俗生活。当诗人顿悟这“幸福的闪电”后，曾经爱过的人还是素昧平生的陌生人都能从他的诗句中感受到一种温暖，一份对简单生活的爱恋。

然而，海子所渴求的幸福生活要“从明天开始”，那么“幸福的明天”在哪里呢？雪莱在《明天》中做了回答：“你在哪里，可爱的明天？/无论贫富，也无论老少，/我们透过忧伤和喜欢，/总在寻求你甜蜜的笑——/但等你来时，我们总看见/我们所逃避的东西：今天。”“幸福的明天”，这份海子原始而单纯的精神需求终究是虚幻且遥不可及的，所以诗人还没来得及等待明天，便在人们想躲避的现实的今天里卧轨自杀了……然而无论诗人最后选择了什么，无论现实的今天多么残酷、明天多么遥远，无法否认的是海子这首诗给每一个读它的人一份对幸福明天的美丽期待。

如果我们的内心就是一个花园，那么人生的每一天都能种出芳香的青草，开出最美的花儿；如果我们的内心春风洋溢，那么人生的每一天都是最美好的春天。

如果幸福，那就是幸福

郁　葱

我知道，草的味道从她皮肤里透出来，
草和这些字，同时出现在一张纸上。
我数着窗外的叶子，
我不知道数到第几片时，
草能够长出来。

你在旅途中，给我读这些诗，
这些文字真好，
每一个字都好。
好的，即使冬天了，
我也去种植青草，
——为了总能闻到腥腥的气息。

水和草铺开了，
越过栅栏，
潮湿的、暧昧的、柔嫩的，
斑斓一地。
记得对你说：好的就留住，
你说过你有珠子和石子，
现在又有了水，
又有了草。

我知道，无论你在哪儿，
这个世界总是会有，
幸福的人。

幸福花园 ◎ 王立淇

友人来信，捎来了旅途中的点滴。信里渗透着青草的味道，印上了愉悦满足的心情，便可以想象那里充盈着自由、甜美的生活气息。想一并领略这些美好的“我”急切盼望春天的到来，想象见着春草时的心情。友人笔下的每个字都是生活的浓缩，道出了生活如诗般美好。她的生活观感染了“我”，于是在这个冬天里“我”明白，春的到来不需要等待，在心里就有。于是“我”在心中种植“青草”，春来了，心灵那片青草地墨绿一片，“潮湿的、暧昧的、柔嫩的，/斑斓一地”。在这里，“青草”有它的象征意味，意味着美好的生活态度。

“我知道，无论你在哪儿，/这个世界总是会有，/幸福的人。”这是诗的穴位，也是诗的高潮，上升到了哲理的高度。它告诉我们，无论身处什么环境，人都应该保持率真的自我和良好的生活心态。拥有了这些，那么每天睁开双眼看到的生活都是饱满的，让人感觉幸福和满足，同时也会

顿悟：幸福就在身边。

可不是吗？如果我们的内心就是一个花园，那么人生的每一天都能种出芳香的青草，开出最美的花儿；如果我们的内心春风洋溢，那么人生的每一天都是最美好的春天。拥有美好的生活心态，即使在人生的毫无寸草处行走，也能看见幸福的脚印。

这首诗给人一种温情，在平静的语言里也能看到文字那恬静的表情。没有华言丽语，却达到了语言和诗意状态的双重纯真。读罢诗歌，心态也会随之平和下来，让人领略到幸福并不是一件困难的事情。

自然美的气质是本心本色，是内蕴充沛的自然流露，是生命的底色，无从掩遮，也无从伪饰；是一种自然、静悄、平淡的气息，像净水一样无色无味。

口红之诗

扶　桑

口红不是我的饰物。
我——没有饰物。
没有珍珠耳环　也没有
金项链，甚至我的手上也不戴戒指

口红：它的各种款式　它的

各种色泽
就像女人
的灵魂——各种各样的气息

整整十年，我的嘴唇只佩戴
玫瑰色。——多么单调！
我的青春的狭隘
我的青春的狂热

我永远不喜欢黑色的
口红，巫婆和妓女的颜色
我也不喜欢青绿色 那么
怪异——我不扮演异类

我不能失去我的口红——

当我——面色萎黄无华
（一如中医所说）
当我穷愁潦倒头发渐灰，当
死神前来，叩我门扉——

坐在擦拭一新的镜子里
（自省那样每天擦拭）

依然,我用我灵魂多皱的嘴唇
啜饮,端庄的大红色

本色之美 ◎ 宋小爱

古诗有云:朱唇一点桃花殷。口红轻轻点染双唇,女人的容颜便似乎没有了遗憾。然而,诗中作为女人的“我”却表态说“口红不是我的饰物”,“我”不需要任何装饰品。如果说“口红”的各种色泽就像是各种气息的女人,那么“我”是属于不添加任何外在美的女人,散发着女性天赋的灵气、芬芳,拥有自然真实的气息。

可是,“整整 10 年,我的嘴唇只佩戴/玫瑰色。——多么单调!”“玫瑰色”是“我”朱唇的原色,10 年来“我”的唇一直保持着原色,似乎也有抱怨的时候。可这真的是抱怨吗?不!“我”是甘于这种单调,甘于这种朴素的,因为“我不能失去我的口红——”,说明了“我”不会随波逐流,不雕琢修饰也不包装遮掩,维护原本的纯洁,与外界纷然而来的异化方式绝缘,红装浓抹都不是“我”的追求。诗的最后两节更明显地体现出我对这种品质的执著:“当我穷愁潦倒头发渐灰,当/死神前来,叩我门扉——”,“我”依然不惧怕坐在擦拭一新的镜子前看着自己这番模样,依然不着一点口红,“依然,我用我灵魂多皱的嘴唇/啜饮,端庄的大红色”,让自己的样貌和灵魂都是一个样子:本色。

自然美的气质是本心本色,是内蕴充沛的自然流露,是生命的底色,无从掩遮,也无从伪饰;是一种自然、静悄、平淡的气息,像净水一样无色无味。选择一份自然美,如兰花般散发出淡雅朴素的幽香,才是真正的美,诗人如此相告。

诗歌以“口红”为主题道出了一个女人对于美的选择,既贴切又得当。诗的语言简练,没有过多的修饰,在简单中显出了特色。诗中使用了烘托与对比的手法,让我们看到诗人想要宣扬的一种本色之美。

你听到心灵的呼唤了吗，在繁华的现实中？

写在沙上

[德]赫尔曼·黑塞　张佩芬/译

世间美好和迷人的事物，
都只是一片薄雾，一阵飞雪，
因为珍贵而可爱的东西，
全部不可能长存：
不论云彩、鲜花、肥皂泡，
不论焰火和儿童的欢笑，
不论镜子里花容月貌，
还有无数其他的美妙事物。
它们刚刚出现，便已消失，
只存在短短的瞬间，
仅仅是一缕芳香、一丝微风，
懂得这一切，我们多么伤心。
而所有恒久固定的东西，
我们内心并不珍爱：
闪烁冷光的宝石，
沉甸甸灿烂的金条。

就是那数不清的星星，
遥远而陌生地高挂天穹，
我们短暂过客无法比拟，
它们也不会进入我们内心。
不，我们内心所珍爱的，
却是趋于凋零的事物，
而且常常已濒临灭亡。
我们最最心爱的，
莫过于音乐的声调，
刚一出现便已消失、流逝，
像风吹，像水流，像野兽奔走，
还缠绕着淡淡感伤，
因为不允许它稍作逗留，
稍有片刻的停息、休止；
一声接一声，刚刚奏响，
便已消失，便已经离开。

我们的心便是这样，
爱流动、爱飞逝、爱生命，
爱得宽广而忠贞，
绝不喜爱僵死的事物。
那固定不变的岩石、星空和珍宝，
我们很快便腻烦。
风和肥皂泡的灵性，
驱使我们永恒变化不停，
它们与时间结亲，永不停留。
那玫瑰花瓣上的露珠，

那一只小鸟的欢乐，
那一片亮云的消散，
那闪光的白雪、彩虹，
那翩翩飞去的蝴蝶，
那一阵清脆的笑声，
所有和我们一触即逝的东西，
才能够让我们体会，
欢乐或者痛苦。
我们爱和我们相同的东西，
我们认识风儿写在沙上的字迹。

诗人诗心 ◎ 陈翠花

平实的字句，细腻的描写，一连串的比喻、排比和对比组成了一首动人的诗歌——《写在沙上》。你听到心的跳动了吗？你在聆听灵魂的细语吗？它说："我们爱的是'所有和我们一触即逝的东西'，因为它们才能够让我们体会到'欢乐或者痛苦'。"

也许在现实中我们需要不停地为衣、食、住、行而奔波，但是"我们内心并不珍爱：/闪烁冷光的宝石，/沉甸甸灿烂的金条。"在躁动的年代，心灵的净化需要的是纯真和洁净的自然。所以"我们的心便是这样/爱流动、爱飞逝、爱生命"。我们爱那"刚一出现便已消失、流逝"的"音乐的声调"，爱"那玫瑰花瓣上的露珠"，爱"那一只小鸟的欢乐"，爱"那一片亮云的消散"，爱"那闪光的白雪、彩虹"，爱"那翩翩飞去的蝴蝶"，爱"那一阵清脆的笑声"，爱那……

你听到心灵的呼唤了吗，在繁华的现实中？"我们爱和我们相同的东西，/我们认识风儿写在沙上的字迹。"

虽然是在很晚的时候才找到心灵的归宿，但毕竟找到了。原来自己一直在呼唤的就像“那幽蓝清洁的黎明”，其实它并不遥远。

心灵的至福是安宁

扶　桑

很久以来我一直不知道
我要寻找什么
在沉思默想的童年，在同样
独来独往的少女时代

不多的几本书，模糊的空想
伴随我在一间不大的屋子里的成长——
啊，我一直闭着眼睛
我一直在雾里奔跑，像被什么莫名的恐惧追赶着

很晚很晚我才恍然发现
心灵的至福，是安宁——
就像那幽蓝清洁的黎明。
而我一直都在向它呼唤，我一直都在。

灵魂花园

◎ 肖秋富

诗人一直都在苦苦地寻找心灵的安慰与归宿，无论是“在沉思默想的童年”，还是在“独来独往的少女时代”。

心灵的寄托仿佛是诗人永远在寻找的不知名的东西，然而在开始的时候，诗人只知道一味的追寻，但却又一直闭着眼睛在慌忙里寻觅着。“不多的几本书，模糊的空想”一直伴随着诗人成长，是诗人不愿放弃眼前的这些虚幻？还是不敢离弃这些书与空想的精神寄托，而担心害怕寂寞的、孤独的、空虚的生活？精神上的贫乏与痛苦让诗人犹如一直在迷雾里盲目地奔跑，像被什么莫名的恐惧追赶着。慌乱嘈杂的生活让诗人不知所措，追赶时间的脚步一直没有停。总以为忙忙碌碌的生活是充实的．可当回首往事时，才猛然发现，留下来的只有空虚，精神世界的空泛致使诗人频频被莫名其妙的东西伤害。于是诗人觉得只有把自己锁在那狭小的世界里，才能感受到自己的存在。

灵魂得不到安宁，生活与精神世界一团糟。诗人在一间不大的屋子里，莫名的恐惧不时卷袭而来，迷离与安慰，这也许就是诗人的全部生活。直到“很晚很晚我才恍然发现/心灵的至福，是安宁——”虽然是在很晚的时候才找到心灵的归宿，但毕竟找到了。原来自己一直在呼唤的就像“那幽蓝清洁的黎明”，其实它并不遥远。

这首诗同时也深刻地刻画出了现代人的空虚和彷徨不知所措的精神生活。我想心灵的至福不只是诗人所寻找的，也是千千万万颗流浪的心在呼唤的。

要放下，不论是得到多少或是失去多少，都要放下。

放　下

荣　荣

让我从最小的事物开始
学习放下

放下一支铅笔
放下它浓墨重彩的描绘
放下一块石头
放下它暧昧模糊的体温

放下一次郊游　一场牌戏

多余的午餐　反复无常的镜子
放下温暖　放下寒冷
放下可能的浪漫像放弃一场流水

放下漫天大雪里久久的徜徉

放下一棵杨树 杨树旁的一个夜晚
这是多年前的一次爱恋
放下那个从没爱过却让我耿耿于怀的人
附带着 放下那一场误会

然后放下一盏灯的照耀
学会在黑暗里思索
放下思索！我不能在思索里错得更深

最后 我放下那个出世者
放下他眼里并非空洞的眼神
放下骄傲 委屈 愤怒 幽怨
放下青春 疾病 疼痛
还有残剩的梦想……

钟声响起的时候
我说：是时候了 好了

放下牵绊 ◎郑燕娴

生活，教会我们追求，追求一切我们没有得到的事物：追求幸福，追求快乐，追求财富，追求荣誉……我们总在追求中不断前进着。可是，生活往往没教会我们要懂得放下，我们或是沉醉于不能自拔的迷恋，或失落于无法获得的追求，于是，我们变得执迷不悟，挣扎在生活中。我们都知道，生活中有得到就必然有失去；而诗人却告诉我们一个更为重要的生活道理：要放下，不论是得到多少或是失去多少，都要放下。可放下是什么？在诗人的理解中，放下是一种对于自我的释放，诗的最后一句“是

时候了　好了”就是对自我身心的一种彻底释放。

诗人以一种感人的叙述方式，引出了对自我心灵的拷问，而关于那些每个人无法逃避的拷问，诗人用自我观照的方式，让世人也得到观照。诗歌中饱含一种佛性，一种参透生活本质的深度思考，是要告诉我们，有时候我们不肯放手而苦苦纠缠的东西，是我们生命中的牵绊；放下，才能得到解脱。

这是一首纯粹的诗歌，是纯粹的抒情，也是纯粹的放下。诗人以一种特有的叙事方式来抒情，把现实生活与浪漫的情调融合，于是我们看到的诗歌是有血有肉的。

做人，精神脊梁必须得挺直，迈步在人生路上要拥有正直的品格，不屈不挠的精神，以最坚强的姿态穿越人生的风雨。

郁　葱

还是让它成为白色，
还是让它干净，
还是让它坚韧，有弹性，
还是让它和思想有一段距离。

还是让它有声音，清脆的声音，

还是让它硬一些，但不一定硬得过金属。
它还应该更简单、更理性、更有知觉，
有时，还应该能够流动！

让它冷寂，让它灼热，
或者就让它
折断！

精神之脊 ◎ 宋建军

“骨骼”作为全诗凝定的意象，实则是人的精神形象，人的精神之脊，让我们知道为人处世应该要有怎样的一种精神品质。

诗人用“还是……还是”的排比句式赋予了骨骼这样的内容：纯洁、善良、素净、坚韧、响亮、扎实、简单、理性、灵活，让我们看到了骨骼内在的品质。“还是让它和思想有一段距离”，思想总会夹杂着世俗，而骨骼般的精神却是毫无污染的，这也是诗人的追求；“有时，还应该能够流动！”处世的根本还应该灵活，不能过于固执；“让它冷寂，让它灼热”，如若它受不了人世间给予的冷寂和灼热，就干脆让它“折断”！这恰好符合了骨骼的秉性。

诗的语言虽朴实、随意、简单，却说出了深刻的人生道理。做人，不可有傲气，但必须有骨气。精神脊梁必须得挺直，迈步在人生路上要拥有正值的品格，不屈不挠的精神，以最坚强的姿态穿越人生的风雨。挺起脊梁，你就能成为生活的强者；挺起脊梁，你就能能把握命运的方向；挺起脊梁，你就能奏响生命中最嘹亮的畅想曲！

诗人善用排比，诗歌几乎通篇用排比展现，让诗歌的表意更生动、更形象。诗人用心在说话，真挚地向我们讲述生活的哲理，字里行间中感性与理性碰撞，激发出独特的韵味。

阳光是人与人之间的关爱。

阳　光

白　兰

细小的阳光
柔软的阳光
她们覆盖在我的身上
小小女儿一样的芳香
洒水与云彩一样的柔软
这个春天
内心里的什么轻起来
眼前的明媚很诚恳
让我相信
我居住的这个城市
许多的人和我一样
经历着新的创伤

心有阳光

◎ 梁秋燕

诗人笔下的阳光，是如此的细软，如此的温柔，“她们覆盖在我的身上”，是如此的温暖。这种温暖让诗人闻到像“小小女儿”那样的淡雅，那样的芳香，感觉到“洒水与云彩一样的柔软”，让诗人在“这个春天”里“内心里的什么轻起来”。温暖的阳光满足了诗人嗅觉和视觉上的需求，把诗人的不快减轻了，使诗人的心情愉快了。而且，当诗人看到“眼前明媚的阳光很诚恳”，也就是看到诚恳的阳光的时候，终于相信，除了自己受到创伤以外，还有许多和她一样的人。世上的灾难并不是仅由“我”一人承担，从而自信起来。

整首诗的基调是明快的、活泼的。阳光的“细小”、“轻柔”，像“小小女儿”一样，像“洒水与云彩一样”。所有的词语都是明亮的，诗人的心情也是明亮的。尽管最后诗人说“许多的人和我一样/经历着新的创伤”，这好像有点灰暗，但诗人要表现的不是灰暗，她要表现的是阳光让人自信起来的喜悦心情。诗人把阳光写得那么美好，是因为诗人赋予了阳光一种特别的含义，那就是阳光是人与人之间的关爱。诗人希望人间充满关爱，人人心中都有阳光。

不带有任何目的，没有任何功利，没有任何利益需求的，只是因为在生命中需要他们的参与，这是一份纯粹的人间情谊。

关于一些蔬菜

草人儿

这些白萝卜绿黄瓜
像一些熟人

我说：你们好

这些果实
这些内含汁液
能够挤出水分的蔬菜
我想亲近它们

我的动机很简单
我的动机可以再简单一点
我需要它们

无可取代 ◎薛荣建

这是一首趣味盎然的小诗。诗人从一个独特的角度切入，似写关于蔬菜的一些认识和感受，实际上是写人间的情谊。

这些绿莹莹、水嫩嫩的蔬菜外形朴素，味道清淡，却给了我们充足的营养，保证了我们的健康，是我们每天生活的主要参与者。于是“我”见着了蔬菜，就像见着熟人般感觉亲切，便自然而然地打声招呼：“你们好”。诗人把蔬菜拟人化，赋予了事物人的感情，使小诗读起来很具情趣。诗人在诗的最后两次表态说，是因为纯粹的“我需要它们”，所以才亲近它们，没有再多的理由了，这是诗歌最终要表达的主旨。

蔬菜就像是每位在你身旁常与你接触的亲人、朋友，甚至是陌生人。他们总会在你的人生中占有一个必要的位置，总会有或多或少的美好品质在影响着你，总会在什么时候给你无偿的关怀与帮助，总会给予你人间温暖，滋润你的人生。而“我”亲近他们是不带有任何目的，没有任何功利，没有任何利益需求的，只是因为在生命中需要他们的参与，这是一份纯粹的人间情谊。全诗格调轻快，富有节奏感。构思新颖，让人读后如沐浴在清风中。

有了友情，我们就不再愁寂寞，有了友情，我们就不再怕困难。友情是无价之宝！

汪国真

有了友情
就少了许多烦忧
阴郁的叶子
便不会落在土里
而会浮在水面上
向远方漂流
友情是溪是河
是一种清新的空气
在身前背后
我是这样
难以离开友情
就像面对葱茏的风景
怎么能不驻足停留

◎ 陈丽朱

友情时刻牵动着我的心，我很动感情，因为它给我带来温暖，我对它

充满感激。在人生的道路上，我们需要友情。一个没有朋友的人是孤单的，无助的，可怜的。因为有时候，我们内心中有些话不能对父母兄弟诉说，只能找朋友那根共鸣之弦。

友情是一缕春风，一泓清泉，让你失意的心灵得到滋润和复苏；友情是一颗给人温暖的舒心丸，一剂催人奋进的强心剂，当你信心不足的时候，它让你得到驾驶人生小船劈波斩浪的勇气。当我们忙完了，累了，当我们愤怒时，苦恼时，就会想到朋友，因为他们可以安慰我们。当我们在茫茫红尘中奔走，有太多的无奈的山峰挡在我们前进的路上的时候，这时，朋友就会来到你身边，给你鼓励，给你征服挡在你面前的山峰的力量。有了友情，我们就不再愁寂寞；有了友情，我们就不再怕困难。友情是无价之宝！

“有了友情，就少了许多烦忧”，“友情是溪是河，是一种清新的空气”，诗人也饮到了友情的甘露，沐浴了友情的阳光。这篇诗歌通俗易懂，感情真诚，让人感动。

我们在感激城市给我们带来的充足物质的同时，也感叹我们自己与原始的自然已走得越来越远。

最后一个孩子在消失

盘妙彬

小路有了爱，它在私语，草木自言自语
木桥在其中

溪水平缓，清澈可见鱼和雁
一个孩子玩到落日沉桥底，不止一次，两次

这儿的花到那儿的花，还有寂寞，沉默的丛生灌木
高大的树更多，它们绵延，阳光下闪着挺拔的身子
它们沿着溪流站成弯曲的队伍

地势开阔平缓，但小小的斜坡
再将天空倒入溪流一次
向下的小路助长风的奔跑，欢乐更加欢乐
向上是一只雁儿
是孩子突然想起的一只，无缘又无故

一段美好时光隐现于林间，一直到小屋
哦，小路经过园地的西红柿和茄子
摘它们几个
天色渐暗，年代变旧，最后一个孩子在消失

拯救灵魂 ◎ 盘静宇

人类的城市化无疑是人类前进的一个重要标志之一。但当看到一棵棵参天大树变成一栋栋高耸云层的大楼，我们的心情也是复杂的，我们在感激城市给我们带来的充足物质的同时，也感叹我们自己与原始的自然已走得越来越远。没有社会的自然，那是身处猿人的原始阶段，这是任何人都不希望的，但我们也无法想象当地球上只有社会而没有自然时那种物欲横流的世间惨相。

诗中表现社会与自然的对立，这只是表面的，诗人在此更为关注的

问题是人类的思想与灵魂。在这个飞速发展的年代里,物质满足的同时我们的灵魂也已失去了太多。诗人在开篇三节用主要篇幅描绘了自然美丽:用爱私语的小路、平缓清澈的溪水、阳光沐浴下的花丛林木、倒影在溪流中的空旷蓝天、天空山野间思绪自由无瑕的孩子……这一切是多么的欢快清新。在这原始的自然净化下,即使孩子顺路"经过园地的西红柿和茄子/摘他们几个"的偶尔放浪,此时此地也变得此般的可爱,根本不存在着尘世间的任何邪念。

原始的自然、无瑕的心灵,在愈加社会化的今天已显得越来越重要。但随着"年代变旧,最后的孩子在消失",诗人在思想污浊的尘世间看到了健康灵魂丧失的危机,诗终于呼出"救救孩子"——还原我们人类健康灵魂的呐喊。

这是心灵的感应和互通,因为诗人知道,友人无论身处何方——在人间还是地狱——都不会忘记诗人这一挚友。

致西域友人

韩少君

昨夜醉酒,听风。
清晨遇大雪,酒气在坚硬的空气中
消解。事物恢复了它的宁静,这场大雪

将我们改变得太多，人们从木橱里
拿出了深色围巾，时光疾速倒退
室内，一把木椅一张床，两件电器，发出
咝咝的声音，我和她在诵读西域友人的诗章
我一句，她一句，懂与不懂，全让我的女人装下
我这样给她介绍：我的朋友在宁夏
那一年，我看见了贺兰山，却没看见他
一个瘦男人，有胡须，鼻音很重
那是一块穆斯林的地方，我在想
如果也下一场雪，河川、集镇和村庄
戴白帽、穿白袍子的人会更多
现在，进入隆冬，他的地窖里，或许
贮满了白菜、胡萝卜，还有我想喝的葡萄酒

情长谊深 ◎ 盘静宇

这首诗给人的第一反应，就让人想起杏林子的散文名篇《朋友和其他》中的一句话："说也奇怪，和新朋友会谈文学、谈哲学、谈人生道理等等，和老朋友却只话家常……"或许真的只有聊聊家常，朋友之间才能找到兄弟般的亲切感。诗中字里行间都体现着亲切二字。

诗歌在一种感伤的酒风中写起，"酒气在坚硬的空气中/消解"后，"人们从木橱里/拿出了深色围巾"勾起了诗人对那场与挚友生死与共过的"大雪"——人生浩劫——的回忆。诗人对友人的情意是至深的，但诗人这里并没有直接表述。而是在阅读友人留下的诗歌中间接地体现，诗人认为只有这样，才能与友人在心灵深处进行对话。诗人通过与妻子阅读友人的诗歌，想让从未见过友人的妻子了解友人，其实是诗人想要更多的人来了解友人，了解友人的诗歌和他的思想。"我一句，她一句，懂

与不懂，全让我的女人装下”一句，诗人把对友人的情义全都倾诉在了其中，诗人苦苦地为妻子描绘着友人的音容笑貌，这里足能看出诗人的用心良苦。除此之外，诗人找不到更好的纪念方式。友人已经走远了，到了一个安详的穆斯林之所，但在诗人的心里对友人的现状又是清晰的：朋友的地窖里准备了诗人爱喝的葡萄酒。这是心灵的感应和互通，因为诗人知道，友人无论身处何方——在人间还是地狱——都不会忘记诗人这一挚友。

全诗的叙述是悲凄的，诗人亲切的话语里渗满了对友人的情。和爱妻诉说友人时的家常话，白菜、胡萝卜、葡萄酒构成的一桌家常菜，给人的感觉是如此的亲切，诗人用最真挚无华的语言道出了诗人对友人的思念之情，无比感人。

Part Two
百味人生

漫漫人生路，走过每一个春夏秋冬，谎言、诅咒、谩骂、讽刺、挖苦、欺骗、骚扰、背叛、刺痛……赞美、尊重、佩服、感动、真诚、微笑、怀念、美好……人生百味——品尝，让我们用诗歌来迎接他们的到来吧！

“洗手的时候，日子从水盆里过去；吃饭的时候，日子从饭碗里过去；默默时，便从凝然的双眼前过去。”

日子

晴朗李寒

一把生锈的锯子，在腐烂的木头里
寻找火焰。

那个水龙头，再也拧不紧了
水，一滴滴，滴下来

稻草人的衣服被一季的风雨撕扯
露出十字架般的骨头

一双丢弃在墙角的鞋子
底子上
还沾着千里之外的泥泞

有感岁月 ◎王 蕴

这是一首富含哲学意味的小诗。诗中的4小节分列4个意象，而这4个互不连贯的意象又巧妙组合，在不同的层面上表达同一个主题——“日子”——来凸现诗人对生活的感受和理解，来对生活的深度进行探索，使“日子”成为一个可供欣赏的诗化意象。

第一节诗中，“锯子”和“木头”被日子偷偷吞噬，留下了斑斑的锈迹和变成腐烂不堪的模样，然而这时的它们却想要“寻找火焰”。“日子”是一种客观存在，我们难以避免环境的恶劣和无数的困难挫折，于是这里的“火焰”便可以理解为一种在逆境中不放弃寻找希望、坚韧不屈的人生态度。

在第二节诗中，可以看到诗人选取的意象是日常生活中普遍存在的，能引起读者的兴趣去揣测诗歌深层面的意义。“水”象征着日子，“一滴滴，滴下来”让人联想到日子的一天天流逝，日子那让人不察觉的匆匆，就如朱自清所说：“洗手的时候，日子从水盆里过去；吃饭的时候，日子从饭碗里过去；默默时，便从凝然的双眼前过去。”于是在面对这一去不复返的日子时，让人多了一份“掩面叹息”的无奈。

第三节诗给我们展示了一幅生命遭遇困难折磨后的图景：“衣服被一季的风雨撕扯”，最终露出了“十字架般的骨头”。在西方文学中，“十字架”是苦难的象征，而“稻草人”拴于十字架上，说明日子里头总有苦难伴随，个人难免会遭遇困难，我们随时都要接受人生风雨的磨炼。

第四节诗是一种对过去日子的回忆与计算。我们行走人生，常常会忽略日子，日子就像是“一双丢弃在墙角的鞋子”。但是你不能忽略的是，日子留给你很多的回忆，如鞋子上“沾着千里之外的泥泞”。这些回忆组成了你的悲喜人生，这便是日子对人生的意义。

诗歌中，诗人善于借助暗示表达思想感情，因此诗歌的语意含蓄多

义，富于朦胧美，也丰富了读者的思考角度。因此，这首诗的容量其实可以无限广延，而且很内在很有意味。

生命易逝，美好的东西总是难以持久的，于是需要我们去呵护，我们不仅需要有直面生命残酷的勇气，而且需要有珍惜生命的行动，不要等到生命告别和凋零之后才懂得珍惜。

生　命

周　琳

这个清晨，我依然坐在地上独自凝神
一阵轻轻的扑簌声使我惊醒
接着是第二枝，同样迅速
八朵硕大如血的花瓣
瞬间静静地躺落于桌面和地上

我无意中听到落花鲜红的呻吟
我见证了美的告别和凋零
这一切仅来自一瞬
惊心触目的一瞬

我没有清扫也没有移动
只是固执地回想着那凋落的声音
一个时辰，又一个时辰
屋外的阳光已攀上高大的树顶
我是否浪费了我的生命

落花听雨 ◎欧积德

人的一生是很奇妙的，需要面对太多的事物，其中生命和美的告别与凋零是我们必须面对的，而这一切是异常残酷、凄美的，直面这一切需要勇气。读了这首诗之后，相信能让我们更加珍惜生命。

在一个有阳光的清晨，诗人独自坐在地上凝神，被花凋落的声音惊醒，“八朵硕大如血的花瓣/瞬间静静地躺落于桌面和地上”，刚刚还在盛放的生命一下子就消逝了，现实是如此的残酷，无意中安排了诗人“听到落花鲜红的呻吟”，血淋淋的残酷。把美的东西毁灭是一个悲剧，悲剧的瞬间可真是“触目惊心的一瞬”啊！

生命是如此的脆弱，如此的无常，把诗人都惊呆了，已经没有心情去清扫生命的残躯，“只是固执地回想着那凋落的声音”，那是生命与美留在世上最后的声音，声音的背后会有一种怎样神秘的力量呢？生命的秘密又是什么呢？诗人固执地想了一个又一个时辰，直到“屋外的阳光已攀上高大的树顶”也没有察觉。在诗的最后一节，诗人发出了询问“我是否浪费了我的生命”，于我看，诗人并没有浪费生命，思考生命的秘密是存在之最有意义的事情，正是由于这一个又一个时辰的思考，诗人才能给我们昭示出一个哲理，生命易逝，美好的东西总是难以持久的，需要我们去呵护，我们不仅需要有直面生命残酷的勇气，而且需要有珍惜生命的行动，不要等到生命告别和凋零之后才懂得珍惜。

社会是进步了，可人类的爱心、怜悯之心到哪里去了？人们这样盲目地追求时尚，抛弃原有的纯洁，确实令人担忧不已。

爱的面包屑

杨　子

爱的面包屑撒在地上……

一年四季，
没有钟声，
死亡也被藏在秘密的地方，
所以在这个城里，
谁都不知道害怕。

一年四季，
鲜花供养着越来越多无礼的人们，
没有谁在心里说一声，
“谢谢！”

爱的面包屑撒在广场上，
饥饿的鸽子在那儿吃，

谁都没有留意，
那是从每个人的口袋里撒落出来的。
变成了面包屑的爱就不再是爱了，
吝啬的人们哪，
彻头彻尾地爱自己，
是一门怎样的学问哪。

爱的面包屑撒在大街上，
撒在剧院门口的空地上，
撒在晚餐的桌布上，
被一双聪明的手迅速地扫到角落里去了。

呼唤爱心 ◎ 肖秋富

“爱的面包屑撒在地上……”，当我读到这一句的时候，我的心被深深地刺痛，难道撒在地上的面包屑还能用爱来形容吗？撒在地上的已不再是爱的面包屑了，而是变了质的良心与人性了。

整首诗歌，字里行间中流露出鲜明的对比，饥饿与死亡好像离我们很远，就像是另一个世界似的，生活的富裕让我们变得麻木不仁起来。诗人敏感地觉察到社会物质的富裕与精神的失落，生活中的人们逐渐丧失了对社会不平的怜悯之心。“一年四季，/没有钟声，/死亡也被藏在秘密的地方，/所以在这个城里，/谁都不知道害怕。”看来人们的生活环境和物质条件的确好了许多。愚昧的人们却不知城里或某个角落里还堆满一双双瘦小的手在乞求过往行人的良心发现，迎来的是冷眼、驱赶与唾骂而不是同情。他们正是最需要爱的面包屑的人。

不幸的是，物质上的驱使，现实社会的无情，促使人们宁愿把自己的血汗钱撒在大街上，撒向饥饿的鸽子，撒在晚餐的桌布上，却永远也不会

想到施舍给那些还在温饱线上苦苦挣扎的贫困人民。这是社会的进步还是一种倒退？是一种时尚吗？就因为西方也这样养着鸽子吗？人类由原始的合作，共同打猎，共同分享食物，到现在的冷眼旁观。由原始的采撷果实到现在的高度文明。社会是进步了，可人类的爱心、怜悯之心到哪里去了？人们这样盲目地追求时尚，抛弃原有的纯洁，确实令人担忧不已。

城里的广场上飞翔着鸽子，城里的角落里却蜷缩着瘦骨，流浪街头的人遭到人们的无情冷眼；广场上的鸽子小鸟依人，响起的欢声笑语却像刺一般穿透沉沦在街角的尸体。“彻头彻尾地爱自己，/是一门怎样的学问哪。”这确实值得我们好好地反思。作者用敏锐地眼光捕捉到生活的那一刹那，并察觉到爱在大多数人的心中已经失落了。更可悲的是人类常用冷血动物来形容森林里的飞禽猛兽，殊不知他们自己比这些生物还要更冷血。

人生有踪，我们轻易就能追溯，从风华正茂变得老态龙钟，我们见证了岁月的匆匆。

人生有踪

朱　积

其实
人的一生
不过四年

童年
是一粒茶
它泡在一生的记忆里
不管什么时候
喝一口
浓也好　淡也好
总是那种味道

青年像一首诗
甜也抒情　苦也抒情
老年如一幅画
每一笔都暗藏玄机
每一幅都饱含感情

只有壮年是一篇故事
曲折、生动、漫长
心苦　人就苦
心大　事就大

人生“四年”

◎ 郑燕娴

曾经天真烂漫，曾经年少轻狂，曾经奋斗不息，最后从容不迫。人生有踪，我们轻易就能追溯，从风华正茂变得老态龙钟，我们见证了岁月的匆匆。关于人生，有各种各样的形态：说长也长，是难以计算的日日夜夜；说短也短，也许只有“四年”时光；说复杂也复杂，一生所经历的道不尽理还乱，说简单也简单，不过是喜怒哀乐，悲欢离合。

诗的题目是“人生有踪”，意思非常明白，那就是要为我们追述人生

的踪迹。人生也不过是简单的“四年”，诗人把“童年”比喻成“一粒茶”，是的，童年无论是快乐也好，不快乐也好，时间把它沉淀成一种香醇，童年总是美好的，如一杯好茶值得回味。把“青年”比喻成“一首诗”，哪个少年不怀春？期待爱与被爱，如诗般注满情感，甜蜜与烦恼，都是情真意切，真挚动人。把“老年”比喻成“一幅画”，时间沉淀它的价值，沉淀它的智慧，也沉淀了它的感情，所以“每一笔都暗藏玄机/每一幅都饱含感情”。最后把“壮年”比喻成“一篇故事”放在最后，有压轴的意味，“壮年”是人生最重要的阶段，如一篇故事那样“曲折、生动、漫长”，并借此告诉我们，人生完全可以按自己的意志而过，因为“心苦　人就苦/心大　事就大”。

诗歌别致的比喻让我们在瞬间“走过”了人的一生，看尽人生的玄机。清晰的脉络，读来简单明了，让我们轻易就能读懂诗人所要传达的信息：人生匆匆，怎样过一生，关键是心态。时间的步伐我们无法阻止，但是我们能够掌握自己的人生，我们完全可以把自己的日子过好。

如果不能从打捞中得到警醒，他们也将成为一堆废铁！

打捞沉船的意义

伍　迁

我问一个人

打捞沉船的意义

他没有回答
只是笑笑

后来根据我的回忆
他好像想说
那只是一堆废铁
每斤3毛钱

因而，我对那个人
怀恨在心
恨铁不成钢

满腔感慨 ◎资明霞

《打捞沉船的意义》中的诗人追问“打捞沉船的意义”这一视线有何独特视角？他又是如何“搅扰人们的安全”？

此诗抓住与打捞人一问一答的瞬间，探明人们精神的幽暗处。船沉了，人们要去打捞，为何打捞？“一人”的回答却是“那只是一堆废铁/每斤3毛钱。”打捞沉船的意义就仅此而已吗？难怪诗人“对那人怀恨在心”。我想，我们在打捞沉船的时候不应只是想到那堆废铁能卖多少钱，能为我们挽回多少损失，而应该给自己一个警醒：船为什么会沉？我们还应该追寻更深层的原因，从而做到“吃一堑，长一智”。

诗作最后一句，“恨铁不成钢”亦是全诗的精华所在。“铁”可指那一堆沉船的废铁，更是指“那个人似的不能追寻沉船更深层原因的人”，如果不能从打捞中得到警醒，他们也将成为一堆废铁！

不为喧嚣尘世的琐事而烦恼，只为寻找那一份怡然自得的淡然而欢笑，抛却烦恼，笑对人生。

独白

汪国真

不是我性格开朗
其实　我也有许多忧伤
也有许多失眠的日子
吞噬着我
生命从来不是只有辉煌

只是我喜欢笑
喜欢空气新鲜又明亮
我愿意像茶
把苦涩留在心里
散发出来的都是清香

清香飘逸

◎ 李运泰

“对酒当歌，人生几何！”悠悠岁月，悄然无声地从指缝间流逝，当你醒悟时，剩下的或许只是一声叹息。人生苦短，岁月却是不饶人，在有限的生命里，人，又何必在失落与苦闷中徘徊？

现代诗人汪国真的《独白》一诗中，道出了人生的真谛——笑对人生。天下事岂能尽如人意？正如诗中所写：“生命从来不是只有辉煌。”人的一生总会经历一些坎坷、沧桑之事，必然会遇到挫折，也会有苦闷与困惑之时，问题是将如何面对。

诗中第一部分直示出了真实的人生，笔调平淡，字里行间透露出对生命之途的接纳与认可。简短的几句话，回应了题目“独白”一词，充分袒露了作者的内心世界，也道出了所有人心里要说的话，让读者产生心灵共鸣的感觉。时光漫漫，历事渐增，忧伤不可能避免，失眠也会尝试到。“吞噬”一词将伤心、失落的情绪人格化，给诗歌带来了生动，润上了色彩，显现了作者对伤心事的憎恶，用强调语气，为下文的转折作铺垫。

第二部分，笔锋一转，露出了明媚的笑容，“新鲜”与“明亮”二词充分体现了作者乐观处世的态度，显示出生命的活力。作者将自己比作一杯清茶，让苦涩留在心里，让清香飘逸四方，更是显现了一种心境平和，坦然面对的洒脱气质，不为喧嚣尘世的琐事而烦恼，只为寻找那一份怡然自得的淡然而欢笑，抛却烦恼，笑对人生。

全文读起来朗朗上口，转折运用得恰到好处，每句字数的不确定性，完全摆脱了古诗格式化的束缚，是现代诗歌的典范，显现了现代诗歌的自由风格。感叹作者高尚情操的同时，其文笔的优美，用词的准确性也颇值得学习。

我们也许曾付出许多却一无所获，也许我们的梦想常常落空，但生活就像风吹一样，其经历的过程，已经是一种收获，一种超越。

风吹我

孙　磊

风吹我，像吹一件破衣服。
风呵，用滴水的轻吹我，
用沙漏的慢、
绛紫的青春、青春的远。
吹动我，一根爱着的草，
疯长的绿。风吹我，
用一个夜晚吹向昨天，
用思想、煤、萝卜吹向

庸倦的时光。我绊倒在那里，
风的门槛，悲伤的树，
或者足够用来沉默的电机。
那些火热的过去，让我倒向它的沉默！
风吹我，吹碎银子的风，
今天吹碎我的孤单。

自由之境 ◎ 温梅莉

孙磊的诗中总是存在着某些不易察觉的东西，让人感动，让人震撼。

这首《风吹我》，诗人运用了大量驳杂的词语，如破衣服、滴水、沙漏、绛紫的青春、思想、煤、萝卜等等。这些词语看起来似乎毫无意义，但诗人对词语的驾驭能力相当高，他几乎是自由地随意地涂抹着这些词语。于是这些词语不仅变得有意义起来，而且造就了语言的张力，将原本画面上只有那么“一株草在风中左摇右摆”这样简单的意象复杂化后，风就不单单是风，草也不仅仅是草了。于是这首诗的内容丰富了，意境也深远了。

诗中表达了一种深奥却又极为简单的对生活的感悟，即风吹也是幸福的。在生活中，我们太需要一种“野渡无人舟自横”的那种随意，那些“庸倦的时光”，“那些火热的过去”，我们也许曾付出许多却一无所获，也许我们的梦想常常落空，但生活就像风吹一样，其经历的过程，已经是一种收获，一种超越。

最后一句“风吹我，吹碎银子的风，/今天吹碎我的孤单。”其意境更是几乎达到了完美的境地，相信任何读到这句诗的人都会深深地被感动。

这首诗达到了极高的自由之境，没有刻意的雕琢，自然而成，令人拍案叫绝。

然而回答却在其中：毋庸置疑，其实自己就是垃圾的制造者，自己才是那不好好把握人生被生活遗弃的垃圾。

怀 疑

江一郎

有时候，我怀疑自己是一袋垃圾
被生活提在手里
提不了多远，将被抛弃
随一辆垃圾车往郊外
我不停地擦拭身上的污垢
可不干不净的东西
为什么塞满我的身体
一直难以除去

一辈子如火如荼地爱着
阴影，总像一条狗亡命追击
有时候，我怀疑这阴影来自生活
生活却拒绝承认
生活永不承认

它运载梦想，如同呼啸的列车
沿途扔下垃圾

扔下我，在怀疑中寻找
谁是垃圾的制造者

胸中块垒 ◎李仕生

诗人用怀疑的、反省的眼光去观察一袋垃圾的命运，反映了生活的一种真实和无奈。

在诗中作者把自己比喻成一袋被生活提在手里的垃圾，被人遗弃仿佛是命定。在被丢弃之际作者发现，原来塞满了身体的污垢一直都无法除去，而在污垢的包围下垃圾无法改变自己的命运。“有时候，我怀疑自己是一袋垃圾/被生活提在手里/提不了多远，将被抛弃/随一辆垃圾车往郊外”。垃圾自然是无用的东西，生活本是个抽象的概念，然而一个形象而生动的“提”字就把生活人格化了。“我”沦落成垃圾，将要被运往埋葬“我”的垃圾场；生活把“我”提在手里，“我”欲挣扎不能，无奈之情喷然流露。

尽管爱得如火如荼，却始终摆脱不了阴影的追击。作者笔下，把阴影想象成“一条亡命的狗”，疯了一样穷追不舍的狗。然而这阴影来自哪里？于是这时候诗人怀疑这阴影是否来自生活。当用怀疑的目光质问生活时，“生活却拒绝承认/生活永不承认”。如同转瞬即过的火车的生活，它运走了“我”的梦想，沿途却扔下“我”——垃圾。“我”在被抛弃的迷惘里看着呼啸而过的时光列车，痛苦而无奈。

作者带着疑问用“在怀疑中寻找/谁是垃圾的制造者”这一句结束全诗。然而回答却在其中：毋庸置疑，其实自己就是垃圾的制造者，自己才是那不好好把握人生被生活遗弃的垃圾。这首诗的思想也在结尾升华到了另一个境界，在怀疑中得到了自我反省。

苦难、挫折如风雨一般，在人生里常有。“风雨”会从各个方面去磨炼一个人，“苦其心志，劳其筋骨，饿其体肤”，过程是痛苦的，你甚至会尝到“把胆量捏破并且泄漏苦的胆汁”的痛苦。

捏 造

小 米

风雨有
风的身子　雨的手
风雨捏着这个人
把他的脸　捏成另一张脸
把他的骨头捏成另一个人的骨头
把胆量捏破并且泄漏苦的胆汁
把心捏碎　流出
弄脏的血变色的血
风雨把这个人
捏着　捏成泥人
捏成风雨所需要的品格和造型
风雨走了

留下这个人

面无惧色

捏造不屈 ◎ 毛文丽

自然界中的风雨是寻常的，人生中的风雨也是寻常的，它能够击毁一个人，也能够塑造一个更为坚强的人。

诗歌中的“风雨”是象征意象，可以理解为人生各个阶段中出现的失败苦楚、困难挫折。诗歌通过“风雨捏着这个人”暗示了一种深广的人生意义：苦难、挫折如风雨一般，在人生里常有。“风雨”会从各个方面去磨炼一个人，“苦其心志，劳其筋骨，饿其体肤”，过程是折磨的，你甚至会尝到“把胆量捏破并且泄漏苦的胆汁”的痛苦。但如若你能承受住这一切，风雨就能把你捏成“另一张脸”，这张脸上是坚定的目光，自信的笑容；捏成“另一个人的骨头”，这副骨头铁铮铮，足以应对众多苦难的挑战。最后，“捏成风雨所需要的品格和造型”，那就是拥有了“无论头上是怎样的天空，我准备承受任何风暴”的人生态度和坚强不屈的精神，成为不惧怕风雨的“这个人”。

泥泞的路才能留下脚印。不经历风雨，就像一双脚踩在又干又硬的大路上，脚步抬起，什么也没有留下。而经风沐雨，在苦难中跋涉不停的人，一双脚行走在泥泞里，走远了，脚印就印证着行走的价值，纵然在往后的日子里要面对更多的苦难，也会“面无惧色”。

诗中，诗人把“风雨”拟人化，赋予“风雨”人的思想与行为，突出它的动态，它的变幻莫测，使诗歌更为生动和吸引人。诗歌的象征性很强，诗里不求物象细节的真实，而以主观变形的方法使“风雨”具有超越自身的内涵。内涵的丰富性能更好地引起读者的积极思考，思考“象外之意”，懂得人生道理。

没有绝对的明暗，也没有绝对的堕落和希望，年轻，只是要更多的尝试和起点，就算这条路上有着黑夜的沉沦，但只要有所期待和激情，总会看到地平线的白昼。

明暗双行线

天馨月媛

一　暗

香烟袅袅
妖娆着最后的回光
烟灰缸上　节奏地磕碰
半截生命的激情和期待
躯体的坚强囤积着下一秒的疲惫
黑暗里　闪烁的星辰
在窥视虚无飘摇的忧伤
心的车轮
没有指南针　搁置在天涯海角
旅途中飞涨的酸甜苦辣啊
重量　竟不及一根逃票漂浮着的羽毛

二　明

天籁的山花
在缀满青草的田野上清唱
上演一段禅的春夏秋冬
一个接一个都是哲理
珠灰色的角楼
参透了豪情要去战斗的远方
佛　捻断一声叹息
仍刺穿绵延几千里的梦魇
昨天慵懒地缩在被窝
今天　出奇的清爽利落
漫成天际那曲折光亮的地平线

双行青春 ◎ 欧伟玲

这是首描写现代年轻人原生活态的微妙心理的诗歌。

从结构来看，它分为两部分，明与暗，显得简单清晰，而事实上又符合文学的模糊美，表面它像是写黑夜与白天的琐碎思想，没什么关系，但事实上却是在写生活里的明暗,用心理深处堕落和希望的交错来展开现实,达到要表达的生活矛盾论,升华有关年轻人眼中的痛并快乐着的定义。

暗,是现实给年轻人探索的无奈,也是考验:“烟灰缸上　节奏地磕碰/半截生命的激情和期待。”生命,在年轻的时候就是这样柔软的敏感,因为有太多的美好和期待,却没有太多的经历,使它们在初向社会伸出触角的时候,很容易被现实弄痛,他们会很彷徨,甚至用烟酒来麻醉这种迷茫的痛。“虚无飘摇的忧伤,/心的车轮/指南针……/旅途中飞涨的酸甜苦辣啊”,几个意象一气排开,多少有点刻意。但与其说作者要表达对年轻人的堕落的失望,还不如说对年轻人的鼓励和同情,外加对社会寻求指导和谅解的呼吁。暗也不完全是写灰色调的,它在之间也穿插了希望的元素,年轻人总是勇敢的,因为年龄所带来的勇敢,最起码他们没有放弃生活,他们仍在准备下一次的磕碰与挑战,并且带着一双能在黑暗里闪烁的星辰。

明,是年轻人最后向现实生活提交的答案,是另一面的青春,很明亮。“天籁的山花/在缀满青草的田野上清唱”。一开场就给人很清爽很开阔的感受,奠定了本节的基调,暗示了希望之意。总说年轻人善忘,但在这首诗歌看来,那只是因为成长让我们明白了该做的和不该做的,在我们看来,生活总有很多未知,如果说世界是佛陀创造的,那这四季是不是他留着让我们参透的禅理?把它翻译成哲理的过程,就是年轻走向成熟的过程吧,既然明白了,远方也就有了大概的距离和方向,佛,终于可以安心地“捻断一声叹息”。每天都是新的,这句话该怎么诠释呢,日子太匆匆,大概就像作者说的,把昨天蜷缩在被窝吧,最珍贵的是你要让你的今天“清爽利落”地“漫成天际那曲折光亮的地平线”。没有绝对的明暗,也没有绝对的堕落和希望,年轻,只是要更多的尝试和起点,就算这条路上有着黑夜的沉沦,但只要有所期待和激情,总会看到地平线的白昼。

年轻,只需要出发,就在今天!

要有实现目标的坚强意志。“再高的峰峦”，“即使翠绿苍茫”也无法动摇其信念，无法转移其视线，它只钟情于“有空间的所有高度”，别无它求，不会随意变更自己的理想。

邱滨玲

鸟路无痕
也许鸟儿飞过的地方
会留下一片轻盈的风声
鸟的骄傲
总是离云朵很近
云的飘逸
在于有蓝天做背景

无论飞过天涯海角
还是飞过岭峰深谷
鸟之路
出发于一棵树
又归于一棵树

鸟儿始终选择
有空间的所有高度

推窗远望
如果远方被一片高耸遮挡
即使翠绿苍茫
也不及翔动的一双翅膀
再高的峰峦
如果没有自己凝视的那棵树
鸟声也荒芜

诗意浓郁 ◎ 吴华新

“天空没有留下痕迹，但鸟已飞过。”泰戈尔说出鸟飞的意义，《鸟路》则进一步揭示鸟飞的原因。鸟能飞越“天涯海角”，能穿过“岭峰深谷”，能勇往直前，都因它有坚定的目标和百折不挠的毅力。飞得更高是“鸟的骄傲”，但是，如果“没有自己凝视的那棵树/鸟声也荒芜”。树是鸟栖息的家园，是鸟的奋斗目标，一棵树是一只鸟的归属。那么，人呢？人的理想是什么？是国家？是家庭？是朋友？还是自己？题为鸟路，实写人路。不同的鸟选择不同的高度，不同的人选择不同的位置，关键在于，如果没有自己凝视的目标，人心也荒芜。当然，不仅要有目标，而且必须要有实现目标的坚强意志。“再高的峰峦”，“即使翠绿苍茫”也无法动摇其信念，无法转移其视线，它只钟情于“有空间的所有高度”，别无它求，不会随意变更自己的理想。鸟能飞得更高更远，人也能走得更快更好。黑格尔说：“大海给我们以无际与渺茫的无限观念，而在海的无限里感到自己的无限时，人类就激起了勇气要去超越那有限的一切。”在艰难险阻面前，人不可以放弃抵抗，听从安排，而要竭尽全力地接近目标。人的极限在哪里？谁也不知道！没有失败，除非不再努力。失败在哪里？失败在死神那里。人所处的环境愈恶劣，承受的压力愈大，考验就愈严峻，斗争也就愈激烈，就愈能从世界获得新生力量，愈能坚持自己的性格，愈能显示出个体的坚强，愈能突破自己的极限与发挥自己的潜力。

要用平静的心态对待平凡的生活，要学会欣赏并享用它，由此活出不平凡的人生。

偶尔，茶树

桥

偶尔，月亮升起
偶尔，东风
偶尔，茶园有人
偶尔，数数叶子
偶尔，蚂蚁过着幸福生活

偶尔，抚摸对方的手

偶尔，躺下
偶尔，咬破石榴
偶尔，拍打周围的空气

偶尔，竹林唱歌
偶尔，趟过河水
偶尔，坐在野花的家里
偶尔，以草为家

偶尔，杭白菊
偶尔，茶树
偶尔，分泌蜜汁
偶尔，和竹叶拥抱

偶尔，稻草抽打农田
偶尔，想起燕子
偶尔，举着火把穿过田埂
偶尔，萤火虫那样忧伤
偶尔，磷光在身体里奔跑

偶尔，一朵油菜花在铁里行走
偶尔，敲盛满清水的碗
偶尔，知更鸟停在阴影的树枝上
偶尔，相信观音的手指

偶尔，变成浮萍
偶尔，替鱼拉纤
偶尔，和雨并肩行走
偶尔，掀开一条河的外衣

偶尔，打碎一盏灯的火焰
偶尔，果实和刀子相爱
偶尔，永远

清思亮笔 ◎郑 洁

从诗中一个个“偶尔”与末句“偶尔，永远”我们不难发现，偶尔——有时候，一个个“有时候”构成了永久。与“茶”有关的都带有一种悠闲与安逸，体现了一份安逸闲爽的心情。于是，“茶树”在这首诗里就象征了无数个安逸的生活片段。是的，“偶尔，东风/偶尔，数数叶子/偶尔，躺下/偶尔，拍打周围的空气……”，一个个的偶尔定格在那里成为永远。

人生又何尝不是一个个偶尔？人生又何曾不像那品茶的过程？作者抓住了生活中各种各样琐碎的事情抒发了对平凡生活中的安逸的欣赏。诗篇所有的东西似乎都是快乐幸福的：“蚂蚁过着幸福的生活”。作者在诗中列举的许多举动看起来似乎无聊，但却洋溢着祥和、温馨的芬芳，人活着或许只有“平平凡凡才是真”。而且大多数人都是在平凡里度过的，如果不懂得珍惜和品味，那么平凡的生活也会很快失去。也有许多平凡的人在平凡的岗位上活出了不平凡的人生，或许作者就属于这样的人。正是因为有这些人，我们的生活才如此的安定幸福。

作者通过这首诗告诉我们：要用平静的心态对待平凡的生活，要学会欣赏并享用它，由此活出不平凡的人生。如果，对生活有太多地苛求，我们就会很容易陷入人生的歧途。

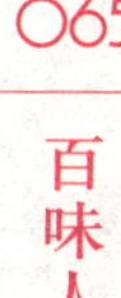

青春是一本太仓促的书。

青　春（之一）

（台湾）席慕蓉

所有的结局都已写好
所有的泪水都已起程
却忽然忘了是怎么样的一个开始
在那个古老的不再回来的夏日
无论我如何地去追索
年轻的你只如云影掠过
而你微笑的面容极浅极浅
逐渐隐没在日落后的群岚
遂翻开那发黄的扉页
命运将它装订得极为拙劣
含着泪　我一读再读
却不得不承认
青春是一本太仓促的书

似水年华 ◎汤杏金

青春易逝，把握年华。席慕蓉女士曾经说过：“青春有时候很短暂，有时候又极为冗长。我很知道，因为，我也曾如你一般年轻过。”当青春漫过，年少的笑容已经不再单纯。但是，它却让人一生怀念。

席慕蓉的诗体现了她对人生的洞察。青春，是一个永恒的话题。在她的《青春》中，字里行间点点睿智流露其中。这与她所处的平淡而丰满的生活是紧密结合在一起的。《青春》虽然有淡淡的苦涩，但是，生命的美好，对人生情义的珍惜，是她心中最美的感悟。她曾经在《无怨的青春》自序上说：“我是一个幸运的女子，因为有深爱着我的人的支持，我才能如此恣意地成长……我要永记今生，我已经得到了我所一直盼望着的那种绝对的爱情。上苍的一切安排原来都有深意，我愿意沿着既定的轨迹走下去，知恩并且感激。”圆融丰满的人生使她对生活有着独特的体验，在她的笔下如水般汩汩流出。

诗中拟人、比喻等修辞手法的运用，把作者的思想平淡而有韵味地表现出来。在作者的笔下，“泪水”是一个完美的整体，当它“起程”之后，才发现所有的一切都已经成为过去，当初的开始早已不知道在什么时候被淡忘了。年华依旧，但是此时的年华已经不再是原来的年华了。“年轻的你”比喻成“云影”，它既是逝去岁月中的某一个人、某一段感情，也是青春。当“而你微笑的面容极浅极浅/逐渐隐没在日落后的群岚”时，无论我们怎么苦苦追索，一切已经不能再重来了。含着的是“泪”，“一读再读”的是“青春”，也是对过去的一种祭奠。但是，她却没有怨，有只是对人生透彻的体验和感悟。

“青春是一本太仓促的书”，这是全诗的主旨，也是作者对青春的最大感悟。她用“书”来表现“青春”，写出了青春的值得珍藏，也写出了青春的易逝，不易保存。它虽然很“拙劣”，而且已经变成“发黄的扉页”，却是独一无二的。比喻的应用，使作者的思想闪着耀眼的光华。仓促的青春，对于懦弱者来说，是一种悔恨，对于勇者来说，是一种充实。在这里，她说出了世间上红尘男女对过去岁月的怀念和眷恋，也对以后的年轻人提出了警惕：把握自己的青春！

蚂蚁就是这般不畏牺牲、团结、勇敢地前进着。

一群蚂蚁在山上爬着

姚江平

一群蚂蚁沿着山脊，沉醉地爬着
爬着，全不在意一朵朵野花的绽放

一阵阵风袭击，有的被卷下悬崖
一团团雾笼罩，辨别不清方向

队伍不是十分齐整，不像一列火车
也没有一定的路径，但所有的身躯
都保持向上的姿态，所有的头都对着一个方向

每天都这样，背顶着天
每日都如此，脚抓着地

不以自我的小而隐匿
不以自我的黑而退缩

绝不软弱 ◎郑燕娴

专注，是一种彻底的忘我，“沉醉”地向前，“不在意”任何的风景，眼前只专注于前方；不屈，是一种不肯妥协的坚韧，不惧“风袭击”，不惧“被卷下悬崖”，不惧“笼罩的雾”，心中只有一个信念：向前！团结，是一种向上的力量，“向上的姿态”，“头都对着一个方向”，让一切的不可能变成可能；坚持，是一种坚定不移，“每天”、“每日”、“背朝天”、“脚抓地”，是你无法忽视、无法阻挡的冲劲。

在这首诗中，我们看到了积极向上的坚毅意志，看到了集体力量的强大。蚂蚁就是这般不畏牺牲、团结、勇敢地前进着，我们从中读到的不止是蚂蚁的精神，还有诗人那丰富的精神内涵。

这是一首象征诗，诗人用叙述的语言，描写一群蚂蚁爬山的情境，并通过一些细节向我们揭示深刻的哲理。蚂蚁象征着渺小、丑陋的弱势群体，诗人通过描写蚂蚁专注、不屈、团结、坚持的精神，向我们展示了这个群体闪光的部分。“不以自我的小而隐匿/不以自我的黑而退缩”是在提醒我们不要妄自菲薄，再小，再黑，还是有闪光点，还是有值得骄傲的东西。每个人都有其存在的价值，每一个群体都蕴涵着强大的力量。

命运，让蝶在寂寞中沉沦，连同她所有的梦。人，不能如此。人的生命，总在不断缩短，但人生之路却很长。我们要让自己的梦想之花开放在这美丽的人生之路上。

殇

陈 超

夜静静地睡去
断翅的蝶停在枯老的枝丫
湿漉漉的梦塞满了心间
它不能再飞翔
它咀嚼这潜移默化的寂寞
依稀难舍对蜜的眷恋
但梦已经折断飞翔的翅膀
它找不到落脚的巢
灵魂诠释着命运的坎坷
缄默着在饥渴中死去

语痴情真 ◎ 蒋丽娟

《殇》，带着蝶，带着梦，带着无尽的感悟，向我走来。只是，在寂寞的

夜中，仿佛所有的都被吞噬。于是，心随着蝶在梦中飞，没有固定的方向，不知不觉，飞进了蝶的世界。

翅，断。注定，蝶无法飞翔。命运将她作弄，使她只剩下空空的躯壳，没有了灵魂。孰知，翅就是她奋斗和生存的武器，没有了它，也就没有了追求，更没有力量生存。在黑夜中，她在回忆。对蜜，依然眷恋，但她无能为力，残缺的躯体使她无限绝望。它找不到落脚的巢，命运迫使她停留在枯老的枝丫。从此，她的生命失去了色彩。最后，只剩下寂寞。

其实，人，如蝶。

人的一生，如蝶。蝶的华丽，透着理想的光，带着梦的美。每个人都会有理想，有自己的梦。理想，是我向往到达的圣地。在这通往圣地的途上，难免会有波折。波折，无论大小，都是对人的考验。我们不能畏惧它，跌倒了再爬起来。只有手中紧握武器，只有带着奋斗到底的信念，才能继续往前迈步，走向自己美好的未来，找到属于自己的梦。

殇，诠释了命运，演绎的却是悲剧。

你的生命是一首歌，你的生活是一片海洋，把心交付给未来，只要你再坚持向前迈出步子，敢于发现，你就会无限欣喜地感觉到："噢！生活本来就是这样！"

生活本来就是这样

李先锋

高兴的事

总是很少很少

烦恼的事
却常常来到你的身边

想不开的时候
你应该想
生活本来就是这样
相聚的日子
总是很短很短
离别的情绪
却往往遥远而又漫长

烦恼的时候
你应该想
生活本来就是这样
甜蜜的时光
总在记忆里很亮很亮
现实生活又难以符合愿望

心冷的时候
你应该想
生活本来就是这样
困难的季节
总在冰天雪地时来临
其实春天就在不远的地方
走过之后
你就会感觉到
噢！生活本来就是这样

笔底含情 ◎何超文

这首诗歌在咏叹了一系列的无奈之后又以一种昂扬的笔调收尾，揭示了生活的美好和人生的希望。

“人生不如意事常八九”，在生活中，由于各种各样的压力，也许我们的心已过早劳累。很多时候，我们都是活在郁郁不得志之中，莫名其妙的烦恼总是油然而生。当心情发霉的时候，高兴的事就难找到踪影了，而亲戚朋友的相聚，又注定没法驻留太久。宴席终要散场，曲终人散，留下独自品尝的唯有遥远而漫长的离情别绪。当我们在生活中历尽千辛万苦终于发现原来现实总是难以符合愿望时，甜蜜的时光就会变得让人只能在回忆中奢望了。也许一次次命运的打击，延误了你的征程，也许一次次生活的不公，让你错过了人生的辉煌。

把心交付给未来，面对这一切，我们都不妨设想生活的本来面目就是如此。也许，这种想法有点消极，但是疲惫的心真的需要一个歇脚的港湾！

生活就是如此的无奈，但作者并没有消沉于无奈之中。而是将笔锋一转，把冰雪过后的春天展示在我们的面前。是啊，其实生活的春天就在不远处。有些时候，面对困难，我们不应沮丧着脸，而应以另一种积极的态度去面对。在生活的征途上，你不必站在岸上去羡慕弄潮儿乘风破浪的风采；也不必蹲在山脚下仰视峰顶成功者的英姿；更不必躲在屋子里发出生不逢时的哀叹。

你的生命是一首歌，你的生活是一片海洋，把心交付给未来，只要你再坚持向前迈出步子，敢于发现，你就会无限欣喜地感觉到：“噢！生活本来就是这样！”

不要在暂时地放松中把不该放松的也放松了，尤其是时间！

挑灯细看

曲有源

挑灯细看
昨日在路边拣来一句话
莫等闲
白了少年头
归来挑灯细看
原来是四十五年前
我在上小学的路上
随意丢的

空悲切三个字
因为当时还不明白
便留在口袋里
今日翻出来
本想合在一起重新品味
不料那悲切二字
在情急时已经用了
只剩一个空字

语意深远

◎黄　卡

时光匆匆，从来不曾对任何人宽容过。时间就如一个精灵，你得时刻守着它，一不小心它就会在你的不经意中溜走，到那时留给你的就只有一个“空”字！

这是诗人感触时光流逝之快的一首诗。

多少天了，却像只是昨日的事！诗人用拣回来的一句话就把这种对时光飞快的无奈表现得淋漓尽致。由45年前在上小学的路上随意丢的一句话，诗人突然发现年轻的时光早已溜走。留在口袋里的三个字在情急时已用了“悲切”二字，如今只剩下一个“空”字！诗人就是这样用口语化的语言写尽了那种时光飞逝的感觉，写尽了诗人对逝去时光的无比痛苦和无奈。

读罢此诗，我再次深觉抓住时间这个精灵应刻不容缓。或许，我们以前会把一句自己曾认为重要但我们读不懂的话放在口袋里，待来日再仔细斟酌。但如今我再也不会，因为我知道它总会在我不经意间让我麻痹，让我很快忘记它的存在。生活中实在有太多的东西需要我去注意。不要在暂时地放松中把不该放松的也放松了，尤其是时间！

真正生活痛苦的人是在笑脸背后流着别人无法知道的眼泪，生活中我们笑得比谁都开心，可是当人潮散去的时候，我们却比谁都落寞。

戏　　子

（台湾）席慕蓉

请不要相信我的美丽
也不要相信我的爱情
在涂满了油彩的面容之下
我有的是颗戏子的心
所以
请千万不要
不要把我的悲哀当真
也别随着我的表演心碎
亲爱的朋友
今生今世
我只是个戏子
永远在别人的故事里
流着自己的泪

醉态醉语 ◎林海惠

人生如戏，生活是舞台，每个人都扮演着自己的角色。一首《戏子》，准确而深刻地道出了戏子身为“戏中”人的无奈和沧桑：只能扮演别人，不能成为自己。

“我”那“涂满了油彩的面容”在别人眼中是美丽的，“我”的演技是逼真的，逼真到别人会随着“我”的表演而心碎。但只有“我”知道，“我”永远在戏里的情景，花开花落是别人的季节。这首诗之所以会打动我们，是因为它引起了我们的共鸣：真正生活痛苦的人是在笑脸背后流着别人无法知道的眼泪，生活中我们笑得比谁都开心，可是当人潮散去的时候，我们却比谁都落寞。现代社会人与人心灵的隔膜，是角色化了的现代人装腔作势的矫情与虚伪所造成的，《戏子》便着力除去矫情，除去伪饰，寻求自然。在今天这个充满着虚伪的社会，读一读这透着真、溢着情的文字，真让人的心灵震撼。

在形式上，《戏子》没有固定的模式，也不追求诗行的整齐排列，为了表达自己的感情，一如行云流水，行止自如，没有勉强的痕迹。

青春的流星只此一次划过生命的天际。

写给青春

时东兵

即使在黑夜里
我也能读出你的轮廓
即使在花园里
我也能触摸你的心跳

我明白
青春是夜无法包围的诗
青春是花无法簇拥的舞
青春是行云流水的缠绕
青春是火山喷发的热情

但你要记得
青春的流星只此一次
划过生命的天际

如诗心绪 ◎温梅莉

这首诗运用博喻的手法。用“诗”来比喻青春极富美感的意境，这意境是夜无法包围的，是亮丽的，是闪耀着光芒的；用“舞”来比喻青春的瑰丽，这种瑰丽同样是无法比拟的，就连娇艳的花朵簇拥起来也无法展现；用“行云流水”来比喻青春的缠绕，天空中高远的行云，清亮蜿蜒的流水，使我们从中看到一幅动态的画卷；还有用“火山喷发”来比喻青春的热情。

诗人的写作手法无疑是高明的。青春是什么样子的？我们谁也没有见过，可是在这里，诗人通过以实写虚，运用一组比喻，把青春不可捉摸的意象形象地表达出来，给人以清晰的具体感。博喻的妙用，真可谓妙笔生辉。

最后，诗人再次运用比喻的手法，用“流星”来比喻青春，从流星的短暂中窥探到青春的短暂，使我们深受启发和警醒，从而更加珍惜我们的青春。

一封信就是一个心愿，信中每个字迹都能透出写信人那深深的情意，由衷的祝福。

写信

陈 东

我在火炉边给你写信
你收到后
要到暖和的屋子去读
因为我怕
你那地方太冷
降低了信的温度

信的温度 ◎晨 曦

一封信就是一个心愿，信中每个字迹都能透出写信人那深深的情意，由衷的祝福。

《写信》可以看做一首爱情诗。冬天来临，鹅毛大雪覆盖了一切，可却覆盖不了“我”心中对你的爱，于是迫不及待地把满心爱意写满信纸，寄给你。收到信的你，不要急着拆开，冬天寒冷的温度会把“我”寄给你的那一份热情降温，所以你“要到暖和的屋子去读”，才能完全感受“我”对

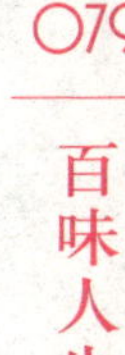

你深入骨髓的爱慕之情。

《写信》也可以看做一首友情诗。“我”把理解的、鼓励的、祝福的语言写满信纸，寄给老朋友。因为“我”知道你身处的环境有点“冷”，你在那里过得并不开心，所以“我”便寄给你一份友情的力量，给你一点情感的暖意。

于是，根据解读的不同，诗歌里的“冷”便可以有两种含义：一是真正意义上的冷，气候的冷；二是情感上的冷，这便体现出诗歌语义的多解性，可以丰富读者的思考角度。

全诗用极少的语言展示出了不同的生活内涵，语言含蓄，语义多解，让人回味不已。

对待输赢我们须有一颗平常心，直视人生中的成败，迎接人生中的挑战。笑看输赢，笑看人生！

有输有赢是人生

李世荣

不是每一根弦都能弹
不是每一口井都能喷清泉
不是每一朵花都娇艳
不是每一年瓜都香甜
清风明月不常在

阴晴圆缺古难全

不是每一个故事都感叹
不是每一件事都遂心愿
不是每一个笑脸都灿烂
不是每一个梦儿都能圆
长路处处有沟坎
只把输赢付笑谈

笑对山水 ◎方董平

整首诗由浅至深，使用了“画龙点睛”的手法，一语道破了主题“长路处处有沟坎/只把输赢付笑谈”，同时使用了排比手法，一气呵成，犹如悬崖上直冲而下的瀑布，气势磅礴。

接着，诗人笔锋一转，由变化的万事万物推及到人生。人生如同一首歌曲，里面有高昂的音符，也有低沉的音符；人生如同一条河流，河流的流速时而湍急，时而平缓；人生如同一部戏，在这部戏中，有高潮的部分，也有平淡的部分……万事万物都是在变化着，没有一个定数。人生也没有一个定数，也是斑斓起伏的、变化的。“月有阴晴圆缺”，“人生亦有输有赢”，有输赢的人生才具有挑战性；有输赢的人生才会使我们充满激情；有输赢的人生是生活中的一块调色板，调剂我们的生活，使我们的生活充满五颜六色，使我们的人生多姿多彩。

在漫漫人生中，我们应如何对待其中的输赢呢？倘若我们过于专注输赢，我们就不能领略到人生乐趣；倘若我们对输赢置之不理，我们就不能从中吸取教训和经验，更不可能进步、发展。“长路处处有沟坎/只把输赢付笑谈。”因此，对待输赢我们须有一颗平常心，直视人生中的成败，迎接人生中的挑战。笑看输赢，笑看人生！

心的车轮

没有指南针　搁置在天涯海角

旅途中飞涨的酸甜苦辣啊

重量　竟不及一根逃票漂浮着的羽毛

Part Three 亲情浓浓

"那一片不断擦着的眼睛上面亮着/一盏只有他和我才能看见的/灯"，那盏亮着的灯到底是什么呢？那应该是一盏用心做成的灯，用爱做成的灯，用亲情做成的灯！那盏灯是灿烂的、耀眼的，是永远都不会熄灭的！它会在漫漫的人生道路上，时时刻刻照耀着我们，给我们带来无尽的光明和温暖！

家是一个避风港，可以躲避暴风雨的袭击；家是心灵的护疗所，可以慰藉心灵的创伤；爱是一个动力源，使人充满了力量；爱是一杯温暖的茶，可以驱走心中的孤独……

母爱，是为我们在雨中撑出一片晴空的伞，是夜晚归来时带给我们感动的灯，是装尽我们所有欢乐和泪水的船，是我们生命中无法割舍的一部分。

白发母亲

第广龙

母亲的头发
像一把干枯的柴草
在风中，丝丝缕缕
要被刮到天上

在槐树下站得太久
槐树上的雏鸟
都以你的乱发为巢了
声声鸣叫，滋润着又一个春天

我被远方咬出一个个缺口的思念
恨不能蘸着夜夜月光
一遍遍把母爱梳理
让母亲，美发盈头
就像在从前的民歌中一样

岁月的灰尘
轻轻飘落，母亲
在故乡的屋檐下苍老了
我在信纸上奔走
看见油灯里的母亲
那忽闪不定的火苗
是母亲的白发

一路全是花在开
母亲，我飞行回家
凌晨的敲门声，不敢太重
怕你见了我
以为是在梦中，怕我见了你
不相识那一头凌乱的白发

白发天使 ◎ 刘秋波

传说，每位母亲都是一个天使，都有一件漂亮的七彩羽衣。可当她决定要成为母亲的那一天起，便收起了七彩羽衣，从此不再飞翔。母亲甘愿放下美丽，换上粗布，一生做儿女的基石，使劲地把儿女们向最理想的高度托去，托着托着，不知不觉间自己就累弯了腰，白了头发，老了。母亲的白发，是"我"心灵上的债务，一生难以报答。多少个春夏秋冬，站在槐树下的她永远甘愿做"我"的守望人。可远在他方的"我"不能回应她那焦急地等待，让她等白了头发，就连"槐树上的雏鸟/都以你的乱发为巢了"。于是，"我被远方咬出一个个缺口的思念"，想快快回家把母亲的白发梳理一遍又一遍，看爱的力量能否让我把年轻还给母亲，把她的白发

梳成黑发。“咬”字在这里生动贴切地表现出了“我”思念的深切，因为思念太深，“我”甚至把油灯里那忽闪不定的火苗也看做是“母亲的白发”，这里用了通视的手法把火苗看成母亲的白发，突显思念的深度，那思念之深是任何言辞都承载不了的。

待“我”终能回家见母亲，心里乐开了花。彼此有多长时间没见啊，待“我”掰完10个指头也数不清，于是敲门的声音哪敢太重，只因为“怕你见了我/以为是在梦中，怕我见了你/不相识那一头凌乱的白发”。

母亲的根根白发都长满爱，道道皱纹都藏有情。母爱，是为我们在雨中撑出一片晴空的伞，是夜晚归来时带给我们感动的灯，是装尽我们所有欢乐和泪水的船，是我们生命中无法割舍的一部分，是我们永远走不出的思念。这一生无论我们人生的坐标有多高，都高不出母爱的高度。虽然它是无形的，可我们心中有把尺。

诗的语言细腻感人，不假雕饰。诗人善于用情感把握生活，把内心的淳厚感情抒发得淋漓尽致，一字一句都颤动着读者的情感之弦，让人感动。

因为女儿，春天来了，希望来了，心灵温暖了；因为女儿，才有“词不达意的绿”，“结结巴巴的蓝”和“口齿不清的春天”。

多给女儿打几个电话

大 卫

在北京，常常觉得我的心

是风中的一片树叶
稍不留神
就会被一阵更大的风
或者更小的风
吹落下来

有时在马路边瞎逛
没有谁知道,女儿不在身边
我比一根废弃的铁轨还会生锈

我承认我是孤独的
在偌大的北京城
我这个异乡人的孤独
不是一个县的孤独
不是一个市的孤独
夜幕降临的时候
在这套不足五十平方米的出租屋里
到处弥漫着的,至少是一个省的孤独

三月,一定多给女儿打几个电话
喜欢听她纯净的嗓音说出的那些
上句不接下句的话儿
喜欢她的不讲道理,不按逻辑
唯有她
才可以说出词不达意的绿
结结巴巴的蓝
口齿不清的春天

三月,不敢接近任何一朵花
特别是那些生气一般
嘟着小嘴对着天空拧着头的花
她们多像我的女儿
因为我不在身边
就只得一次次地对着苍茫喊爸爸

爱女情深

◎ 欧积德

阳春三月,是一个温暖的季节,是一个应该和家人到外面踏青欢歌的时节。然而此时诗人却作为异乡人飘零在外。偌大的北京城,竟然找不到一块让心灵安宁的土地,于是诗人的心就像"是风中的一片树叶/稍不留神/就会被一阵更大的风/或者更小的风/吹落下来"。

在诗人的笔下,心竟如一片飘零的树叶,于是当夜幕降临时,思乡的情绪"到处弥漫着的,至少是一个省的孤独",这时孤独的心灵想要找到一个心灵的寄托。作为父亲,唯一的女儿就成为思念的对象。无疑,诗人对女儿的感情是深厚的,真挚的。要不然他怎么会没来由地感到忧伤,在马路边瞎逛的时候,感到自己"比一根废弃的铁轨还会生锈"。

于是,诗人觉得在温暖的春风中应该多给女儿打几个电话,才能给彼此的心灵以温暖。读到这里,诗人真挚的表达实在令我倍感亲切。他说,喜欢女儿纯净的嗓音说上句不接下句的话儿,喜欢女儿的不讲道理,不按逻辑,这些都给人一种欣喜之感,因为女儿,春天来了,希望来了,心灵温暖了;因为女儿,才有"词不达意的绿","结结巴巴的蓝"和"口齿不清的春天"。

在诗的最后,诗人更是将心比心,站在女儿的角度思考,因为诗人不在女儿身边,女儿就只能像"那些生气一般/嘟着小嘴对着天空拧着头的花”那样，“只得一次次地对着苍茫”的天空喊爸爸，女儿也思念爸爸啊。难怪诗人在温暖的季节都不敢接近像自己女儿的花啊！因为触景生情只能更添孤独，于是我们就不难理解诗人所说的“三月，一定多给女儿打几个电话”，这样会让彼此的心灵拂过温暖的春风。

此时此刻，“无声胜有声”，什么都不用说，什么也不必说，只有心底默默地感动和无言地感激，才是最好的感谢方式！

看关于捐肾的电视节目

老 刀

五十岁的身体里 跳动着
一只七十岁的肾 对于父亲
除了低下头 他
还能说些什么

泪水从荧光屏一直流进我的眼睛

他仰望在沙发上
注视着观众——
那一片不断擦着的眼睛上面 亮着

一盏只有他和我才能看见的

灯

亲 情 无 价 ◎ 绿柳枫

俗话说:“身体发肤皆受之于父母。”我们骨肉,是父母给的;我们生命,是父母给的;我们的血管里,流动的也是父母的血液。“我”——一个肾脏不幸坏死的儿子,不但像其他千千万万的儿女一样接受了父母“身体发肤”的馈赠,而且,在“五十岁的身体里”还“跳动着/一只七十岁的肾”。我们不妨想想,那跳动的仅仅是一只肾吗?不是的!那是伟大而无私的父爱,那是珍贵而无价的亲情!在读到这样的诗句时,作为读者的我们,作为儿女或曾经作为儿女的我们,扪心自问,能不为之感动吗?在如此伟大、无私而珍贵的亲情面前,一切文字和语言,都显得那么的逊色、那么的多余。此时此刻,“无声胜有声”,什么都不用说,什么也不必说,只有心底默默地感动和无言地感激,才是最好的感谢方式!正如诗中所说:“除了低下头 他/还能说些什么”。

诗的最后说到:“那一片不断擦着的眼睛上面 亮着/一盏只有他和我才能看见的/灯”,那盏亮着的灯到底是什么呢?我想,那应该是一盏用心做成的灯,用爱做成的灯,用亲情做成的灯!那盏灯是灿烂的、耀眼的,是永远都不会熄灭的!它会在漫漫的人生道路上,时时刻刻无私地照耀着我们这些儿女,给我们带来无尽的光明和温暖!

人间自有真情在!而亲情最最无价!

父亲需要我们的只是一点关怀，一声问候，一片温馨。

周 浚

我真想父亲能对我说
儿子
我想到电影院里看场电影
我想到公园里去看看、走走
我想到海边去坐坐、听听

我想尝一尝拌蒜的扣肉
我想喝一点纯正的绍兴黄酒
我想品一品西湖地道的香菜

到有一天，白雪飘飘
父亲病了，静静躺着
谈了一生的喜、怒、哀、乐
像个孩子一样说口渴

在我颤动的目光中
他接过了我端去的一碗清水

父子情深 ◎ 邓喜玉

我们总是忽略了某些人、某些事，忘记去珍惜，当他们渐渐远去时，才蓦然回首，伸出手来，却再也无力挽回那消失在远方的背影。

我仿佛看到一个父亲由年轻健壮到蹒跚而行的变化过程；我仿佛看到一个父亲为了儿子，为了一份责任走过了风雨几十载，然而他现在病了，只能静静地躺着……他像在风中摇曳的枯叶，脆弱的生命微微地颤抖着，而迎接他的只是那铺满落叶的土地……

我看到了一个儿子，望着躺在床上的父亲，他多想陪父亲去看一场电影，去公园看看，多想陪伴父亲去品美酒……而他的父亲需要的只是一碗清水，也只能是一碗清水而已。儿子伸出手，想挽回那飘飘欲坠的叶子，然而他知道，他无能为力。生命是如此脆弱，父亲或许会在某一天离去。

假如时光倒流，作为儿子的“我”会更加珍惜父亲的爱，更加孝敬父亲，为父亲做更多的事情，但世上没有假如。世上最无奈的事莫过于“树欲静而风不止，子欲养而亲不待”，父亲需要我们的只是一点关怀，一声问候，一片温馨，所以我们要让每一个父亲在有生之年享受我们的爱，不要在生命离去时发出一声叹息……

我们能做到的就是在肩负人生责任的同时，别让自己对父母的爱变成沧海遗珠。

回　家

唐　欣

十几个钟头疲惫的旅程
拂晓时分我敲响了家门
黑暗中只有这所单元房亮着
里面是等我已久的父母双亲

家里还是熟悉的味道　让我安心
老家具　磨得光滑顺手
窗帘素朴　沙发舒适
水果在桌上　金鱼在缸里游动
墙上是父亲的书法作品

我们已有一年未见　岁月匆匆
每次还家　父母都又苍老了一些
甚至像两个陌生人
但我上哪讲理去　淡然一笑
我说今天倒还不算太冷

家的距离 ◎王立淇

清代诗人袁枚说："但肯寻诗便有诗，灵犀一点是吾师；夕阳芳草寻常物，解用都为绝妙词。"在平凡生活中寻找到的诗意往往更能感动读者，因为那里酝酿了个人最真实、最真挚的情感。《回家》便是如此。《回家》以口语化的语言表达了对人生的思考，从而还原了生活的本质。诗中那实实在在的经验是我们都能在生活中碰到的，完全表达了诗意的日常特征。

在外忙碌了一年的"我"踏上了回家的路程。风尘仆仆，到家是拂晓时分，看到"黑暗中只有这所单元房亮着"，那是父母早早起床打开了灯在等待，这是默默的亲情。第二节描写了家里的摆设还是老样子，似乎一切都没有变化，一切都仍然熟悉。然而真的没有什么改变吗？真的一切都依旧熟悉吗？第三节就来了个转折，"我"感慨着岁月的匆匆，匆匆的岁月让父母又苍老了一岁，在父母的脸上刻下了更深的皱纹。其实父母在这个物品没有任何改变的房子里，已悄悄地在变老，因为岁月的追赶，更因思念子女深切而备受熬煎。而一年未归的"我"和父母间的那种熟悉感也在悄悄流逝，与父母的心灵距离又加深了一层，变得"甚至像两个陌生人"，让自己无限感慨。可面对着时间、距离、人生责任给予的无奈，"我"只能淡然一笑，往哪说理都是徒然。

人长大了免不了要筑造自己的人生路，肩负起自己的人生责任，于是奔波、离家似乎都成了理所当然。可就是在匆匆的岁月里我们容易忽略对父母的爱，加深和父母的隔阂。我们能做到的就是在肩负人生责任的同时，别让自己对父母的爱变成沧海遗珠。

诗歌用叙述的语言娓娓道来，文字中富有感情。烘托手法运用纯熟，使深意寓于其中而不着痕迹，让诗歌在平淡中显出深沉。

母爱是无穷尽的，永远存在着，而新娘就是母爱的化身，是使这爱周而复始地传递的使者。

和田玉

祁　人

当我穿越帕米尔高原
看见一只普通的和田玉
是那么的像母亲的眼睛
她的纯粹、内蕴和温润
令我怀想起遥远的故乡
想起故乡的天空下
那一丝母亲的牵挂

今生，我无法变成一棵树
在故乡永远站立在母亲身旁
当我走出南疆的戈壁与沙漠
为母亲献上这一只玉镯
朴素的玉石，如无言的诗句
就绽开在母亲的手心

如今,母亲将玉镯
戴在一个女孩的手腕
温润的玉镯辉映着母亲的笑颜
一圈圈地开放在我的眼前
戴玉镯的女孩
成了我的新娘
为什么叫做新娘?
新娘啊,是母亲将全部的爱
变做妻子的模样
从此陪伴在我的身旁

爱的延续 ◎潘 洋

这是一首回归亲情、歌颂母爱的抒情诗。诗的语言朴实无华,像是一道阳光,一缕清风,一把泥土,那是一个儿子向操劳一生的母亲传达情与爱的心声。

一块和田玉便勾起了“我”对母亲的思念之情,而思念中更掺有丝丝愧疚,因为无法在母亲身旁时刻守护着,于是“我”便在千里之外为母亲带去一块和田玉,以传达对母亲那血浓于水的深爱。诗人寓情于物,“和田玉”便不再是简单意义上的玉镯,而是作为美妙的意象展现在我们眼前。自古以来,玉镯都被赋予高尚、无瑕、洁净、细腻、温润的意义,诗人由和田玉想到了“母亲的眼睛”,这也正是对母亲内在美的赞颂。

后来,母亲将这只带着体温的玉镯戴到了将要成为儿媳的“新娘”手上。母亲想把爱以这样的方式延续下来,“和田玉”此时就成了爱的接力棒,不但传递着母子之情,也串起了夫妻之情,在这里我们更可以感受到母爱是无私的。

诗的结尾感动人心。诗人设问了一句“新娘是什么?”继而告诉我们:

“新娘啊，是母亲将全部的爱/变做妻子的模样/从此陪伴在我的身旁。”母爱是无穷尽的，永远存在着，而新娘就是母爱的化身，是使这爱周而复始地传递的使者。

全诗的叙述方式自然，构思巧妙，内涵深刻，情感动人。“和田玉”在诗中被赋予了一种人情的美，是整首诗的抒情载体，也正是因为它，诗歌的所有情节才得以展开。

一杯老井中的水已经足以让我们迸发一句：爸爸，我爱你！

井

谭　宇

父亲的眼睛
似一口老井
太浑
太浊
太深沉

当身边的桶
都盛满时
他井中的水

才

清澈透明

深沉父爱 ◎ 吴华新

《井》旨在歌颂父亲，但不是“父亲啊！你是那么的伟大”那般引吭高歌式的颂唱，而是将父亲的眼睛比作老井，隐喻父爱的深沉，诠释父爱的崇高，传达对父亲的挚爱。我们的诞生给父亲带来了喜悦，也增添了生活的责任。我们在父亲爱的眼光中，无忧无虑地过日子，却总是抱怨父亲太严格。如果说母亲给了我们细心的照顾，给了我们家的温馨，那么父亲则为我们承受许多外来的压力，阻挡寒冷。生活的沉重会把父亲变黑、变瘦，会往他的脸上多刻上几条皱纹，使他的瞳孔变“浑”，变“浊”，然而父亲的目光总是坚定，饱含着对我们真切的怜爱。

全诗两节，承接紧密，后一节是对前一节的进一步阐析，为读者提供了一个回忆父亲的契机。父亲不是显露于地面的哗哗水溪，而是深沉的古井，有长久不息的暗涌，有源源不尽的爱。滴水之恩，涌泉相报，但父爱的涌泉无限，我们既无法完全体验父亲的感受，又是“寸草难报三春晖”。或许“当身边的桶/都盛满时”，我们才意识到父爱的无私；或许当我们做父亲时，才体会到父亲的伟大。无论如何，我们现在所体会的只是父亲浑厚的一部分，只有父亲才能完全知道做父亲的苦与甜。不过，一杯老井中的水已经足以让我们迸发一句：爸爸，我爱你！

只有当诗人远离家，寻找独立的时候才真正懂得家的温馨，才真正读懂母亲的爱是世间最真诚的爱。

白连春

最先看见母亲是在外省的路上
那是我第一次出远门，那年我十六岁
巨大的天空差点儿压断了我的背
最先听见母亲是在外省的黄昏
那时候太阳快要落山了，我不想哭
却怎么也制止不住泪水，我听见母亲很轻很轻地
叫我的小名，在老家门前那棵歪脖槐树下
最先爱上母亲是在外省的夜晚
四周一片漆黑，伸手不见五指
我非常害怕，不敢睡，甚至忘记了如何呼吸
我才发现我真的是一步也离不开母亲
最先喊母亲是在一座外省的楼里
那楼还没有完成，一个和我一样大的民工
不小心掉下去
我的心一下子高高揪起

妈妈，脱口而出

我喊了一声

思念荡漾

◎ 肖秋富

“最先看见母亲是在外省的路上/那是我第一次出远门，那年我十六岁”。当诗人第一次出远门时，终于看见了母亲，体会到了母爱，亲身感受到了母亲的伟大。第一次远离母亲，让年轻的心灵突然之间失去了平衡、依靠，陷入迷茫。

“最先听见母亲是在外省的黄昏/那时候太阳快要落山了，我不想哭/却怎么也制止不住泪水，我听见母亲很轻很轻地……”黄昏时分，大地一片寂静，思念的情绪不断地高涨，频频的思念使诗人的心灵几近崩溃，泪水不断地涌出来。

“最先爱上母亲是在外省的夜晚/四周一片漆黑，伸手不见五指/……我才发现我真的是一步也离不开母亲”。不管家有多么温暖，诗人还是无法真正体会到家的感觉，只有当诗人远离家，寻找独立的时候才真正懂得家的温馨，才真正读懂母亲的爱是世间最真诚的爱。漆黑的夜晚到处是恐惧、荒凉、孤独，频繁吹来冰冷的风，席卷着悠悠思念的树叶飒飒作响。这时候诗人彷徨的心最需要母亲般的爱的呵护与抚慰。

“最先喊母亲……一个和我一样大的民工/不小心掉下去/我的心一下子高高揪起/妈妈，脱口而出/我喊了一声”，这一声里有最原始的爱的归宿，同时也包含了母亲所有的爱和盼望。“妈妈”这一声让诗人惊慌的心顿时安定了许多，让诗人高高揪起的心得以平静下来。这一声依然在空中回荡，回荡着诗人浓浓的思念，浓浓的爱。

这是一首能够感动天下儿女的诗歌，希望我们能够理解母爱的可贵，好好地孝顺母亲！

在这个世界上把一切承担下来，最后却把自己忘了的人，往往只有母亲！

母亲的梳子

谭仲池

即使面对风霜雨雪
每日，母亲用枯萎的手
颤抖着去采摘篱笆里的青翠
采摘雨露和阳光
为我酿造生活

我长高了，长大了
长成了一棵大树
母亲却变矮了，变小了
变成了一弯秋夜的霜月

在我向远方跋涉的日子
母亲沉默着
含着眷恋的泪光走了
我无法再唤回她的背影
给我梳理被旅途尘风
吹乱的头发

早晨醒来，凝望着母亲
搁在古铜色樟木桌上的梳子
我看见窗格上闪过一双慈祥的眼睛
母亲那双不知疲倦的手
正晃动在春天的青青菜叶间

真的爱您 ◎张春风

《母亲的梳子》就像一杯清清的菊花茶，飘着淡淡的忧伤与幽幽的蜜香。诗人只是用朴实无华的语言勾勒出几幅普通的生活场景，但是句句发自诗人的肺腑，字字饱含诗人对母亲浓郁的爱。因此，诗中的情感容易与读者的心灵发生碰撞，尤其是描写母亲送别要到远方跋涉的我那一节，字字直捣读者心灵深处最柔软的部分，令人有扑在母亲温暖的膝盖上哭泣的冲动！

随着诗人哀而不伤的笔触，渐渐地，想念变成了一条线，在寂寞里无限蔓延……

经过无数个风霜雨雪的日子，母亲曾经珠圆玉润的双手披上了枯叶蝴蝶，是因为替孩子采摘雨露、阳光。有一天，母亲俊俏的身姿弯成了秋夜的霜月，是因为让孩子长成参天大树。

诗中母亲用尽了青春，耗竭了生命，却沉默地含着泪光留下沉重的背影，为的是不让远行的孩子带走悲伤……在这个世界上把一切承担下来，最后却把自己忘了的人，往往只有母亲！

旅途坎坷，风尘仆仆！看尽云卷云舒，花开花落后，清晨，当“我”在家乡的床上醒来，发现，母亲的梳子还躺在古铜色的樟木桌上，忠诚地等待“我”吹乱的头发！这梳子，提醒了诗人，同时也提醒了天下所有的孩子：你的母亲永远都站在同一个位置想着你，爱着你！

接受关爱的时候，也要学会给予关爱，我们应该从小就懂得孝顺父母，不要在父母衰老的时候才后悔。

给父亲擦脸

李木马

躬身站在床边、今天早上
第一次这么清楚地看见父亲的衰老
70 岁的他也是第一次
让儿子为自己擦脸
7 岁那年
我第一次住院给我擦脸
他怕我哭他真怕我哭
满是茧子的手
他蒲扇一样的糙手那样轻
像是捧着祖传的瓷器
摩挲得我有点痒
我的手有点重毛巾也热得滚烫
一下比一下用力
试图将那些褶皱熨平

试图擦掉那脸上深及毛孔的苍白
那张苍白的脸渐渐红润起来
那张多褶的苍白的脸
慢慢露出了孩子气
忙完了我就在旁边的空床上
和女儿玩让她
把太阳暖透的小手放在
我的鼻尖上预习
为父亲擦脸的情景

预习父爱 ◎郑燕娴

你曾为父亲擦过脸吗？为父亲擦脸是一件多么简单的事情，可是诗人在一开始就告诉我们，他为父亲擦脸是第一次，并是在父亲日渐衰老的70岁的时候。然后诗人回忆起7岁时父亲给自己擦脸的情景。70和7，两个跨度极大的数字，突显了两代人的巨大差异，衰老和年轻。

7岁时，父亲用“长满茧子”的手为“我”擦脸，那样的轻柔，一个“怕”字，一个“捧”字，把父亲对儿子的爱表现得清晰明了。诗歌更通过儿子为70岁的父亲擦脸的情形作对比，一轻一重，两种极端，轻表现为父对儿子的珍爱，重则表现了儿子对父亲苍老的感伤。儿子希望“熨平”父亲的皱纹，希望“擦掉苍白”，希望脸“红润”，露出“孩子气”。这样的对比，让我们读出了儿子的追悔，追悔在父亲年老以后才懂得给予父亲更多的关爱。

诗人把作为儿子和父亲这样双重的身份放在诗歌中，给我们这样的启示：下一代人对上一代的爱永远都是欠缺的，这种永久轮回的性质也许是避免不了。而诗歌的最后是让女儿预习为父亲擦脸，似乎是希望通过这样的描写让我们懂得，接受关爱的时候，也要学会给予关爱。我们应该从小就懂得孝顺父母，不要在父母衰老的时候才后悔。

诗歌运用了众多的对比，突显出一种深沉的思考和感悟。诗人以细腻的描写来表达细腻的感情，字里行间便都渗透了爱。

乡愁，从你离开故乡的那一刻起，就永远伴随着你，不舍不弃，永不老去。

乡愁

（台湾）席慕蓉

故乡的歌　是一支清远的笛
总在有月亮的晚上响起

故乡的面貌　却是一种模糊的怅望
仿佛雾里的挥手别离

离别后
乡愁是一棵没有年轮的树
永不老去

月明吹笛 ◎苏克若

在月色如水的恬静夜晚，人的心会陶醉，想起家乡的歌，歌声就像月下的笛声那样悠扬，那么缠绵，有如心底升起的丝丝缕缕的思乡之情。恰当的比喻，把无形的思乡之情通过笛声传达出来，一下子就把人带入一个清幽的月色。悠扬的笛声，泛着淡淡的思乡之愁。离乡后，我是异乡人。故乡的面貌在我的脑海里不过是模糊印象，模糊一如“雾里的挥手别离”，但想起来却令人惆怅。乡愁年年相似，月月相同，它不管今夕是何年，它与日俱增，越来越浓，它是“一棵没有年轮的树”。乡愁，从你离开故乡的那一刻起，就永远伴随着你，不舍不弃，永不老去。

可以说《乡愁》不是“为赋新词强说愁”的愁，而是作者真实生活的体验。没有乡愁的人断然写不出这样的诗句，没有过乡愁的人也体味不到它的妙处。

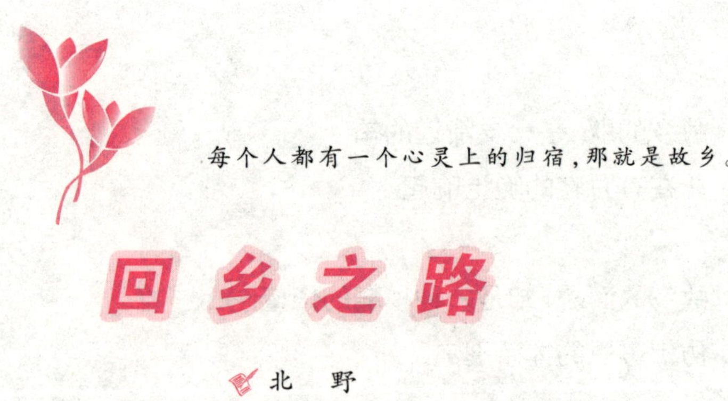

回乡之路

北　野

请允许我把你的故乡
也当做我的故乡

请允许我把你的闺房、葡萄藤和月亮
也当做我的天堂

哦　我愿走在你的回乡之路上
我愿和你一起
分享你童年的幸福时光

请不要拒绝我这可怜的幻想
请不要理睬别的人会怎么想
带上我回你的故乡
让你童年的月光也洒在我身上

哦　我愿走在你的回乡之路上
我愿和你一起分享你童年的幸福时光
我没有童年也没有故乡
好像一股风把我刮到这世界上
回乡的道路多么使人神往
亲人们的爱足以抵消一世悲凉
哦　我愿走在你的回乡之路上
我愿和你一起
分享你童年的幸福时光

美丽善良的姑娘啊
请带上我这无家可归的人
请允许我和你一同前往
在你童年的月光下大哭一场

心灵归宿 ◎宋小爱

每个人都有一个心灵上的归宿，那就是故乡。游子的梦里总会出现一条回乡路，回到故乡去看漫山遍野的山茶花，嗅那一缕缕清香，望那柳条儿吹奏童年时的谣曲："月亮走，我也走，我给月亮提花篓……"

可是，诗中的"我"却悲伤地说"我没有童年也没有故乡/好像一股风把我刮到这世界上"。故乡在哪里，亲人在哪里，都是一个谜，没有故乡的"我"即使在梦中也无法剪接出完整的故乡画面。别人说能在天上的那轮明月里看到故乡的影子，于是瞧见杯中有明月时"我"不敢举杯，怕摇碎了杯底故乡那模糊的影。"我"恳求要还乡的善良姑娘："请带上我这无家可归的人，带上我回你的故乡"，好让"我"看看梦中萦绕不绝的故乡长个什么模样。

回乡有两种方式：一种是身体上的回归，另一种是精神上的回归。诗歌一开始就展示了"我"的内心意愿"请允许我把你的故乡/也当做我的故乡"，表明"我"极其渴望找到灵魂的栖息地，向往纯真的生活，向往亲情的滋润，所以甘愿把别人的故乡也当做自己的故乡，那是一种精神回归的渴望。

诗歌的抒情话语很简洁，可却字字有情，句句情真。清代文人方东树曾说："《庄子》曰：真者，精诚之至也。不精不诚，不能动人。"《回乡之路》以第一人称直接抒发了个人最真实的情感，透视出"我"的心灵世界，可谓真性情表露无遗，很能触动人心。同时，我们看到诗歌在语音层面有一个显著的特色，那就是它所具有的音乐美。这种音乐美，主要是由句的复沓和韵脚的反复等手法的运用所形成的。句的复沓，如"哦我愿走在你的回乡之路上/我愿和你一起/分享你童年的幸福时光"，很好地增强了全诗的抒情效果与音乐感。该诗的韵脚基本上是押"ang"韵，韵脚的反复使音"ang"在人们的听觉中被反复感受，造成了回环往复的音乐效果，织成一张音韵的网，把我们罩在诗歌的情绪氛围中，更能深切地感受到诗中所蕴含的感情。

看到母亲因为操劳而斑白的头发，做儿女的是一种怎么样的感受呢？心酸流泪？还是……我们有没有想过为母亲分担什么呢？

早晨五点看到母亲在祈祷

冷　眼

早晨五点看到
母亲在祈祷
她是主
没有奢侈的祭台给她
她跪在自家
补着补丁
但是十分干净的床单上
暗自祈祷
一天的生活
顺从着弯曲
样子温顺
兔子一样趴在地上

多少年了愿望一直烧到

头上白发也没醒来

美丽祈祷 ◎ 邱芬慧

“她跪在自家/补着补丁/但是十分干净的床单上/暗自祈祷”，那是一幅多么深刻而令人感动的画面啊！母亲合手祈祷“一天的生活”。她的愿望、她的祷告十分简单，只希望过好一天，仅是一天的生活，但一天里又蕴涵着多重的分量啊！母亲，在每一天的祷告中，白发渐渐爬上双鬓，母亲的美丽就在生活的祷告中流失。

每天，母亲都在琐碎的生活中忙碌。床单，用爱的针线缝补，对子女的爱也是用针线缝补。仅“暗自”一词，母爱的伟大就撞击着人们的心灵。母亲暗自奉献，让人感到母爱像春风拂过心头，源源不断如泉涌。在诗中，诗人将母爱与忙碌的身影相叠起来，母亲就这样在琐碎的生活中“顺从着弯曲”，直到皱纹烧上额头，粗糙烧上纤手……

当母亲看到子女身上闪动着青春美丽时，总会欣慰一笑。母亲啊母亲，活着，爱着，奉献着，奉献美丽而永不后悔，真是“一直烧到/头上白发也没醒来”。当早晨五点起来就看到母亲忙碌的身影，看到母亲因为操劳而斑白的头发，做儿女的该是一种怎么样的感受呢？心酸流泪？还是……我们有没有想过为母亲分担什么呢？

让它载着自己对母亲深深的思念，流向那片属于母亲的天地。

纸　船

——寄母亲

冰　心

我从不肯妄弃了一张纸，
总是留着——留着，
叠成一只一只很小的船儿，
从舟上抛下在海里。
有的被天风吹卷到舟中的窗里，
有的被海浪打湿，沾在船头上。
我仍是不灰心的每天的叠着，总希望有一只能流到我要它到的地方去。
母亲，倘若你梦中看见一只很小的白船儿，不要惊讶他无端入梦。
这是你至爱的女儿含着泪叠的。
万水千山，求他载着她的爱和悲哀归去。

偷偷想你 ◎关果园

这首诗歌是诗人在向大洋彼岸进发的轮船上创作的。面对波澜壮阔

的大海，诗人情不自禁地想起远方的母亲，因此叠了一只只纸船，让它载着自己对母亲深深的思念，流向那片属于母亲的天地。

这是多么沉重的纸船啊！乘载了多么浓厚的情！粼粼的海波或澎湃的海潮，复苏了诗人爱海的童心；碧绿的海水，飞翔的海鸥，使诗人感受到大自然的美丽，但这一切都无法替换那份平凡而伟大的母爱！

时间易逝，岁月无情，作为子女，尤其是经常叛逆父母的子女，应该珍惜和父母相聚的时光，全心全意地爱他们，让他们享受快乐和幸福，让他们活得更有价值、更有意义。时时刻刻提醒自己：莫让爱等白了头而遗憾终身。

我们的父亲母亲，他们以最朴实无华的行动给予我们最真挚的祝福，时刻举着心灯在为我们照明前方的道路。

为我们祝福的人

谷　禾

为我们祝福的人从不把祝福抹在嘴上
她生下你，用洁白的乳汁
喂养你成长，每天把心填进灶膛
把炊烟猎猎的旗子，飘扬成
村庄最高的树。她的目光悠长

一生一世织在你身上
为我们祝福的人从不把祝福写在脸上
他养育你,用粗糙的手
带来大麦和玉米,弯下腰身
为你挡风遮雨,他送你到村路尽头
直到不能再送,才伸出手
使劲拍拍你的肩膀
为我们祝福的人从不把祝福挂在眉梢
她藏在人群里追着你
当你突然跌倒,她第一个
疼出声;当你喊:妈妈——
她陌生的脸庞流露出
你熟悉的笑容。谁在为我们祝福?
天苍苍,地茫茫
铺向远方的野草举着白雪的泥灯

祝福无言 ◎宋建军

她"用洁白的乳汁/喂养你成长,每天把心填进灶膛";他默默地在田野间挥舞着光阴,"带来大麦和玉米",他们共同用一双普通的手织出温暖,用辛勤的汗水浇溉着你的成长。一生的祝福无言赠出,他们默默地祝你永远健康。

"她的目光悠长/一生一世织在你身上",她温馨目光里的爱是一道平安符,祝福你一生走好;他"为你遮风挡雨",给你依靠的屏障,祝福你在外面的天空飞翔得更高,可他总会担心的是,你飞得累不累。

为我们祝福的人从不把祝福抹在嘴上,也不写在脸上,更不挂在眉梢,那祝福到底在哪里?是的,祝福藏在心间。这些祝福虽然没有说出

口，却无言胜有言。“谁在为我们祝福？”是我们的父亲母亲，他们以最朴实无华的行动给予我们最真挚的祝福，时刻举着心灯在为我们照明前方的道路。

在他们的祝福下，我们健康成长着，快乐生活着；在他们的祝福中，我们的每一天都晴空万里，灿烂如花。

诗的语言真挚感人，以“祝福”展开，用朴实的语言去叙述动人的亲情，字里行间充满了对父母深厚的爱。诗歌中随意用韵，读来流畅自然。最后一句的暗喻升华了整个主题，父母的祝福为我们照出了一条明亮的路。

任何落叶，不管它曾经有过怎样的绿、黄或者红，始终都要归根。

村庄的黄昏

韩　歆

是先诞生了村庄
还是先诞生了温暖的黄昏
树头上燃烧的晚霞不问这个
黄土路伸得太远
看眼前的这一切都美丽

池塘里的鱼苗和好天气是父亲种下的

老屋后面的园子
和石榴一般绽开的笑脸是二哥开垦的
檐下挂的线砣子和风干的旧日子是祖母留下的
姐是娘碗里的三餐月亮
她使我们的土坯房美丽

还有多少朴素的黄昏
如旧衣衫降临

我的心像一座赤裸的葡萄园
守着我命定的这点甜

恋乡情怀 ◎ 邓宇茜

读这首诗的时候，仿佛在品一杯香茗，袅袅茶香中溢出缕缕的乡思，将我带回千里外的故乡；又如在饮一杯醇酒，唇虽醉倒在酒杯上，心却醉倒在故乡。

一支诗歌的画笔，以文字为颜料，加以灵感来调色，通过诗人之手，描绘出一个村庄朴素而美丽的黄昏。特别是诗歌的第二段，将“池塘——鱼苗——好天气——父亲”、“老屋——园子——笑脸——二哥”、“屋檐——线砣子——旧日子——祖母”、“姐——娘——碗——月亮——土坯房”用一根绳线，巧妙地穿起来，那种“诗在画中，画在诗里”的境界，在这里便能很好地体现出来。诗情画意，两者并行不悖，一幅“村庄黄昏图”，栩栩如生地从诗歌中跃然纸上，展示在读者面前。读后，倍感亲切温馨，自然而然地产生一种身临其境之感。同时，第二段中的一些词语和句子如：“好天气是父亲种下的”、“石榴一般绽开的笑脸是二哥开垦的”、“风干的旧日子是祖母留下的”和“姐是娘碗里的三餐月亮”等也运

用得很巧妙，能深深地吸引读者并俘虏读者的心。

诗歌最后一段写道："我的心像一座赤裸的葡萄园/守着我命定的这点甜"，短短两句话，更是将诗歌的主旨升华到了极点。古语云："生于斯，长于斯"，任何落叶，不管它曾经有过怎样的绿、黄或者红，始终都要归根。诗人这片树叶，尽管还没到落叶归根的时候，但他心中的根，却已经在生他养他的故乡生长；他心中的葡萄园，始终是生他养他的村庄。

在诗人的心中，那是一幅永不退色的图画，那是一份永不改变的爱。

我心爱的人在洗衣裳

［苏联］维诺库罗夫·叶夫盖尼·米哈伊洛维奇

我心爱的人在洗衣裳。
不停地耸动着肩膀。
伸出那纤巧的双手，
将湿淋的衣服挂起晒晾。

四下寻找那用剩的皂块，
谁知就在她自己手上。
在梳得惹人发笑的绺绺柔发下面，
她那背颈多么招人爱怜难忘。

我心爱的人在洗衣裳。
为了不让皂沫把脸弄脏，
她抬起胳膊理一理散落的发卷，
费劲地把它从前额撂到头上。

我的心上人时而放平肩膀，
对着窗口凝神眺望，
时而又低声歌唱，不知道
我早就守在她身旁。

在窗外遥远的地方
映照着古老落日绚丽的霞光。
而她受了肥皂泡、洗衣水和碱的刺激，
眯着眼，一副无可奈何的模样。

就算你走遍所有的城市——
世界上也没有什么更美的东西
比起这双纤巧的手，
比起这充满忧郁的目光。

母爱之歌 ◎ 陈翠花

读这首诗，会让人的脑海中不由得浮现出小时候看母亲洗衣服的情景。母亲洗衣服时“不停地耸动着”的“肩膀”，“四下寻找那用剩的皂块，/谁知就在她自己手上”的迷糊，“抬起胳膊理一理散落的发卷，/费劲地把它从前额撂到头上”的温柔，“时而放平肩膀，/对着窗口凝神眺望，/时

而又低声歌唱”的思绪变化……这些都是一幅幅很优美很娴静的图画，那是怎样的一种美丽啊！那时的母亲是世界上最美丽的女人，她的美无与伦比！在诗人的心中，那是一幅永不退色的图画，那是一份永不改变的爱。

如果说劳动是人类生存的歌，爱则是生活的歌，所以有爱的存在就有幸福存在。静静地站在一旁看着心爱的人，无论她在做什么，那都是一幅美丽的图画，是一份甜蜜的心情。所以啊，“就算你走遍所有的城市——/世界上也没有什么更美的东西/比起这双纤巧的手”。

这首诗里充满着爱的温馨和幸福的温馨，你感受到了吗？作者通过平实的话语、精致的细节描写、细腻的心情向我们展现了生活中美丽的场景。你我都曾经有过这样的经历，感受过这样的一份心情，不是吗？

一个挥之不去的场景，一个挂在嘴边的故事，一个留在心上的情结，似越抽越长的蚕茧，似越剥越嫩的竹笋。她，是每个人心灵深处最为之神魂颠倒的老地方——故乡。

喊故乡

田　禾

别人唱故乡，我不会唱
我只能写，写不出来，就喊

喊我的故乡
我的故乡在江南
我对着江南喊
用心喊，用笔喊，用我的破嗓子喊
只有喊出声、喊出泪、喊出血
故乡才能听见我颤抖的声音

看见太阳，我将对着太阳喊
看见月亮，我将对着月亮喊
我想，只要喊出山脉、喊出河流
就能喊出村庄
看见了草坡、牛羊、田野和菜地
我更要大声地喊。风吹我，也喊
站在更高处喊
让那些流水、庄稼、炊烟以及爱情
都变做我永远的回声

喊穿乡魂 ◎李文裕

一个挥之不去的场景，一个挂在嘴边的故事，一个留在心上的情结，似越抽越长的蚕茧，似越剥越嫩的竹笋。她，是每个人心灵深处最为之神魂颠倒的老地方——故乡。

故乡，一个人类永恒的文学母题。古今多少人吟唱过她悠扬的旋律，描写过她纯朴的风范。《喊故乡》的作者不拘泥柔软的抒情，而以故乡最原始的风格来呼喊。江南的方向，我的故乡。“我”“用心喊”，“用笔喊”，甚至喊破嗓子，颤抖地呼喊声中颤抖着我的血与泪，颤抖着心底最厚重的爱与挂牵。为了实现那个简单而又艰难的期盼，“我”呼太阳，喊月亮，

还有山脉、河流与村庄。终于，草坡、牛羊、田野、菜地……遍野的故乡！不服距离的阻隔，“我”要更大声地呼唤你，站在更高处，让风也无奈何。没有什么可以挡住一个游子对故乡带血的呼喊。时间不语，当流水、庄稼、炊烟以及爱情，都成为“我”的回声，那份爱已永恒于故乡的每一寸土地。那回声，是故乡遥远的呼应。喊故乡，难道仅为满足一份常人熟悉的乡恋？非也。对故乡，沈从文先生以细腻的笔法来赞美，而鲁迅先生则选择了带血夹泪的爱。本诗近趋后者。柔腻的乡情蕴藏于每个人的心底，然而一声声呼喊，直接的感情抒发，将对故乡深沉的爱、对乡村质朴生活的眷恋淋漓尽致地表现出来。作者喊故乡，实意是在喊人，喊故乡的自然景观与人文景观，喊故乡的生命意志与精神风貌。在现代文明的进程中，作者以最诚挚的呼喊唤醒故乡，以一颗感恩的心反哺生养自己的故乡，让她跟随时代的步伐向前进。

《喊故乡》是一首充满对故乡真挚的爱的自由诗。作者以第一人称的视角，直抒胸臆的手法，平实朴质的语言来表现沉思背后爱的呼喊。本诗在意象的撷取、想象的合理性及叙述的跳跃性方面均自然而富有深意。

Part Four 爱情天堂

无声的世界里，我把手伸向你，像伸向一个没有方向的真空世界，却似乎又有信念留存，突然，我听到了爱情最美丽的旋律。

我开始想起自己的爱情，在爱情天堂里，有没有蝴蝶双飞，有没有我等待的你……有没有如连绵起伏的群山，在续写一段缠绵的记忆；有没有如大海飞溅的浪花，在诉说一段凄美的往事。我真的很希望跳动在字里行间的音符与旋律，会让天堂的你感觉到我永恒的心灵！

人生何处不相逢？待到老来时，重逢的我们依然能忆起往昔那段感情中存有的许多美好音符，然后淡然一笑："这不是谁谁吗？呀，也这么老了。"哦，才发觉，原来我们已是老朋友了。

情　歌

子　川

芦柴花不知飘向哪里
叶已枯败，灰黄的芦柴瘦了许多
我的落寞倒映在秋水中
唱《拔根芦柴花》的妹子
两根小辫子，在我的记忆里晃动
眼前是一个搀着孙子的外婆
她瞅我愣了一愣
笑起来，说，这不是谁谁吗
呀，也这么老了

那小孩，牢牢抓住他外婆的手
好奇地看着我——
眼神里有特别的警觉

他不知道这里曾是我生活过的地方

也不知道《拔根芦柴花》

曾是他外婆唱给我的情歌

今又重逢 ◎王 壮

那是芦柴花的故乡。一个深秋，“我”重回此地，把脚步放得很轻，生怕会打扰了属于这个季节的一排排迎风摇曳的芦柴花。然而目之所及，重叠了“我”身影的却只有岸上那灰黄的芦柴与枯叶。芦柴花已衰败，“我”记忆中永不凋零的风景难再寻觅。凝望着一泓秋水，触景生情的“我”不禁要把从前那段失去的爱情拿出来温习，着了一份落寞于心中。于是在这里，回忆与现实交错，一些储蓄已久的往事在“我”跳动的脉搏里，来回流窜。有点伤感，有点遗憾，却也没有关系，只因往事里头的她以及那首老情歌，在“我”心中清晰如昨。然后，是富有戏剧性的重逢，此时的彼此都已到了古稀之年，曾经那首能把心紧紧抓牢的情歌——《拔根芦柴花》也就成了驮着彼此故事的石碑。

诗歌的语言干净纯朴，充满着浓厚的生活气息，也正是这种纯朴的生活化的人物和语言传达出了“此情可待成追忆”般的惆怅。开篇的几句诗虽不甚言情，但情藏于景，以秋渲染了诗人心中的那份落寞感，以“寻不着的芦柴花”、“枯叶”、“灰黄的芦柴”等意象抒发了诗人的内心情意。诗中充满意义的省略，既没有交代这段情的来龙去脉，也没有点明重逢后彼此的心情，因此所造成的意义空白使诗歌充满着无限的想象意蕴。最后那戏剧性的重逢，给我们的既是“儿童相见不相识”的感慨，又是对失去的爱情的一首挽歌，字里行间溢满着沧桑感。

也许人生本是如此，总有百般的无奈，爱情里的无奈更是让人伤感百倍。但缘起缘灭，不应计较，因生命旅途中，每一种悲喜哀愁我们都不应忽略，每一份心路历程都是成长的见证，这不过就是上天赠予的一种

独特的人生体验罢了。也说，人生何处不相逢？待到老来时，重逢的我们依然能忆起往昔那段感情中存有的许多美好音符，然后淡然一笑："这不是谁谁吗？呀，也这么老了。"哦，才发觉，原来我们已是老朋友了。

爱情死了，纵然情人近在咫尺，心却隔着一条鸿沟，无论如何也无法跨越。

没有谁比你离我更近

鲁西西

求你把手伸过来，按手在我身上。
求你让我的泪，在你面前涌流。
求你对着我笑，
对我说最亲密的话。
求你亲口告诉我，说我就在你怀中。

咫尺千里 ◎郑燕娴

"近在咫尺，远似千里"，没有谁比你离我更近，也没有谁比你离我更远。诗的题目是"没有谁比你离我更近"，而事实上，诗歌字里行间中所流露的却是一个"远"字。以近写远，这样的反差，是"我"心里深深的感伤。

诗歌别致的切入，一个“求”字，就如泣如诉地引出了心中的悲苦。爱情死了，纵然情人近在咫尺，心却隔着一条鸿沟，无论如何也无法跨越。诗歌中连续运用四个“求”字，把“我”对情人的感情展现得淋漓尽致，并以此表达了内心的痛苦，这样的写法确实渲染出意想不到的悲情效果。诗歌还引出这样一些细节：恋人之间温柔的触摸，彼此纵情的悲喜，哄人的甜言蜜语……轻巧地向我们展现了一对恋人从爱到不爱的一种质的转变，一切的甜蜜都成为一种乞求，让人惆怅，让人叹息。而这样的抒写也揭示了一种追忆，那些乞求恰恰就是过去相爱的细节，是过去彼此的亲密无间。如此对比，让诗歌的伤感气息更为浓重。

诗中，我们看到了一颗孤寂的心，充满了对逝去爱情的惦念。诗人将真情与朴质书写在文字中，伤感在字里行间游走，淡淡忧郁弥漫，让无形的思绪于有形中展露。

“我”就如天平，只有负上“砝码”这种责任，才能保持爱情平衡！

经营爱情

谷雪儿

我始终逗留在爱情游戏中
跃动在集体的领域
那属于技艺的情态元素

和昭示着画面的场景
出入自如

偶尔还能清醒地回望
必须回望闪过的路途
亲近撞击出的历史

我背上文明进步的砝码
学习适应的本性
整体地存在
整体地灭亡

在黑夜我便习惯地走进独居的殿堂
和爱情相撞
感性地凭借一本诗集
我就会唱出爱情的歌
与集体分离
主动个体
回避年少时的锐利和锋芒
开始准备幸福
长驻爱情

爱情砝码 ◎ 吉安源

作者把爱情与经营联系起来，昭示出一个深刻的主题：爱情，不能经营，需要长驻。

诗中写了“我”以往是怎样经营爱情的。“我”一直把爱情当做游戏和买卖，未曾专一，那些“情态”完全是装出来的，而且到了“出入自如”的地步。“偶尔还能”自省，以往那些由于亲近而产生的爱情故事，“我”必须重新审视。

接着，“我”开始“文明进步”探索爱情的真谛。作者用经营中的天平和砝码作了形象的比喻。“我”就如天平，只有负上“砝码”这种责任，才能保持爱情平衡。爱情与责任两者不可分割，不能出售任何一方。

“我”是个爱情的失败者，黑夜里只有孤独和空虚。也只有这时，“我”才能感性地直面爱情。褪去了年少时的“锐利和锋芒”，准备寻觅专一、永恒的爱情。

“爱愈久情愈浓”，纵使爱的尽头终要分手，但我也希望爱情会天长地久。

你爱我

伍佰

冥冥之中
你就在我左右
跟着我呼吸看我一举和一动
夏日午后你随着阳光出现在我窗口
转身要看你你却溜走
匆忙之中

你又越过了我
熟悉的香味飞舞蔓延半空中
镜子里头看到你悄悄化成另一个我
闭上了眼睛你在心中
是不是爱上了你从来没停过
爱愈久情愈浓
是不是离开了你根本是个错
错已成又如何
冥冥之中
你就属于我
我拥有了你在我人生睡梦中
夏日午后
你随着阳光出现在我窗口
静静看着我
说你爱我
你爱我你爱我你爱我

情浓似酒 ◎黄凤群

相信心灵的力量吗?当我们相爱着,无须双眼我便能看见你,无须双耳我便能听见你,纵使相隔千里,我也能感应你的悲喜……

此诗的感情较为直露,诗歌的字里行间流露出一种炽热的情感,表明诗人敢于追求属于自己的爱情,敢于袒露心胸。“冥冥之中/你就在我左右/跟着我呼吸/看我一举和一动”,感觉到对方在自己的身边,注意自己的一举一动,其实也许正是自己在注意着对方,因为只有自己在乎别人才直觉别人也在乎于自己,但是,当诗人转身要看对方时,对方已经溜走,其实这也许是爱的幻觉。

情愈浓花愈易开放，花开花落，爱情也只是瞬间的美丽，离别也许是爱情的结果，爱上你也许是我今生的错，但错又如何，我甘心以命抵。茶越香浓，沾久了便越觉之清淡乏味，酒越浓则越觉之香醇，爱情呢？诗人说，“爱愈久情愈浓”，纵使爱的尽头终要分手，但我也希望爱情会天长地久。

其实“你爱我”真正的含义是“我爱你”，诗人采用间接的手法，说的是反话，直露中带有含蓄之情。最后一句“说你爱我/你爱我你爱我你爱我”，诗人强烈地呼唤着爱情。结尾点题。

冥冥之中，你是我的唯一，有了你在我身边，我的人生会如梦似幻……

别让心与心成为世界上最遥远的距离吧！

世界上最遥远的距离

[印度]泰戈尔　紫　晨/译

世界上最遥远的距离
不是　生与死
而是　我就站在你面前　你却不知道我爱你
世界上最遥远的距离
不是　我就站在你面前　你却不知道我爱你
而是　明明知道彼此相爱　却不能在一起
世界上最遥远的距离

不是　明明知道彼此相爱　却不能在一起

而是　明明无法抵挡这股想念却还得故意装作丝毫没有把你放在心里

世界上最遥远的距离

不是　明明无法抵挡这股想念却还得故意装作丝毫没有把你放在心里

而是　用自己冷漠的心对爱你的人　掘了一条无法跨越的沟渠

声韵凄婉 ◎姚文红

读这首诗令人潸然泪下，是的，有一种比生与死更遥远的距离，不是时间上的跨越古今，也非空间上的囊括宇宙，而是一种最难逾越的距离——心与心的距离。

生与死本是一种永远无法融合的距离，而近在咫尺却形同陌路是单相思者的心与所爱的人更遥远的距离。相爱却不能相处，有情人不能终成眷属，是情人间的千古遗憾，而明明爱着却装着不放在心上，是矛盾而痛苦，逆离真心的距离。可是，比这更遥远的距离，你可知道？是心的冷漠，是对爱的藐视，是给爱自己的人掘上无法跨越的沟渠，把爱远远拒绝在心之外。距离原本可以产生美，但诗中这样一种距离却是痛苦的。

全诗以爱为主线，诗人敏感的字里行间，流露着痛苦而无奈的情感，不能不令人动容。诗歌简短而整齐，全诗由四组“不是……而是……”构成，运用并列的修辞手法，层层深入，把读者带到了那种痛苦的最遥远的距离，并把诗人情怀感染给每位读者。读到最后令人恍然大悟时——世界上最遥远的距离实际上是心与心的距离，早已泪眼模糊。

人，为何不放下心的冷漠，把心与心的距离拉近，好好去感受别人赋予你的爱呢？别让心与心成为世界上最遥远的距离吧！这难道不是一种悲哀吗？

拥有爱，却不奢望得到爱，以爱星星和月亮的方式来爱“你”，遥遥相对，默默地去欣赏。

我不说

一地雪

我默默爱着。就像多年来
我默默爱着星星，月亮。
就像水的痕迹只有泥土知道，落叶
的气味只有根知道。
这很好，我不说。
我的唇不说，十指不说，只把
爱默默洒在你的衣角，
再被你不经意地弹掉，像
弹去一粒灰尘。
我的眼睛不说，皮肤不说，我的
爱不说，不说才能让无限的爱
染白你的头发。

让我的发丝随你
一起变白。

爱也默然 ◎潘 洋

有一种情感，我们只把它当做永远的美好在生命里珍藏着，酿成酒，让其在封藏中静静地散发着醇厚的芬芳，然后独自享用。

拥有爱，却不奢望得到爱，以爱星星和月亮的方式来爱“你”，遥遥相对，默默地去欣赏。不被别有用心的眼睛偷窥到，不被捕风捉影的耳朵听到，愿意为爱而守口如瓶，除了自己谁也不知道这爱的秘密，“就像水的痕迹只有泥土知道，落叶/的气味只有根知道”。这里所运用的两个比喻贴切得当，把爱的“默默”诠释得极为形象。而且，星星和月亮都是遥不可及的物体，在这里也就透露出这段感情的可望而不可即。也正因为这样，“我”身体的每一个部位便都竭力隐藏着这份爱慕之情：“唇不说”，“十指不说”，“眼睛不说”，“皮肤不说”，没有一丝动作或眼神暗示出自己的爱意。诗人把“我”身体的各个部位拟人化，能更好地让人展开想象的翅膀捕捉诗的意境，体味“我”那默默的爱到底隐藏得有多深。

诗中的一句“这很好，我不说”让人感慨万分。为何“我”会觉得这很好？压抑自己的爱难道不是一件痛苦的事情？付出满心爱意却不能得到一丝回应，让爱如“一粒灰尘”难以被他察觉和留意时，也不会感觉遗憾？哦，原来“我”心中是这样想的：“不说才能让无限的爱/染白你的头发”，不说就不用苦恼自己的爱是否能被接受，不说就能避免可能的伤害，不说就不会破坏那一份美丽，所以只用默默的爱关注你，用血液抚慰每一声你的名字，用心澎湃你每一声的气息，付出而不求回报，如花开彼岸，不要泅渡的船只，只是远远地观望它的怒放便足矣。在这里，我们看到了一颗对爱执著的心，可这却恰恰是给对方最自由的爱。

全诗的语言含蓄隽永，耐人寻味，把个人感受和内心世界刻画得很细腻。诗人更善于用物质感的形象，通过比喻、拟人来传达主题。

想哭就哭吧，闷在心里真的很难受！

我想哭，就哭了

歌　兰

雨什么时候停了
芦苇荡什么时候
泛起了晕眩的波光
我都没在意

我只知道这时心爱的人
在遥远的地方
在空荡荡的房子里，想我

天真的晴了，早春的风
跟鹭鸶的脖颈一样凉
她，在呼唤中上升，消失……
多么美好啊，我空荡荡
我想哭，就哭了

意乱情迷 ◎欧积德

在有些寒冷的季节，我读到这首诗歌，不由得就喜欢上了诗意里的那种一个人的世界，在早春的风里思念心爱的人儿，任凭情感的水开始涨潮，那一种空灵、忧伤的情调更是深深地吸引了我。

春天，相思鸟已经归来，相思的红豆也正好采摘，诗人一个人待在空荡荡的房子里，外面下着雨，对远方心爱的人的思念之情在凉丝丝的雨点和风里开始泛滥，至于“雨什么时候停了”也无从得知，而芦苇荡在晴日之下泛起了晕眩的波光都没有在意，他唯一在意的是“在遥远的地方”自己心爱的人是不是也在空荡荡的房子里想心爱的我。读到这里，我不由得佩服诗人是一个营造情感氛围的高手，在这种季节，这种天气中，诗人和读诗的人怎么能不意乱情迷呢？

“天真的晴了”，虽然“早春的风”还是“跟鹭鸶的脖颈一样凉”，可是毕竟给我们造成了一种假象，美好的日子就要到来了，天下的有情人将能够相会。于是在泪眼婆娑的朦胧中，心爱的人出现在我的面前，这是多么幸福美好的事情啊！可是爱人转眼就要离去，我不断地呼唤着她，无奈“她，在呼唤中上升”，最后消失在我的眼前，当一切的幻象消失之后，对爱人的思念之心愈加浓烈了，诗人依然呆在空荡荡的房子里，却感到整个心也是“空荡荡”的，无所依靠。因为诗人从思念的低谷爬上幸福的高峰，殊不知眼前的一切只是因为自己的意乱情迷，这只是幻想而已，诗人又从幸福的高峰跌落，情感上的跌宕起伏令读者都有点想流泪了，无怪乎诗人说“我想哭，就哭了”，想哭就哭吧，闷在心里真的很难受！

到底是韶光改变了你我的容颜，还是我们自己才是那个给自己化妆的人？

（台湾）席慕蓉

你把忧伤画在眼角
我将流浪抹在额头
你用思念　添几缕白发
我让岁月雕刻我憔悴的手
然后在街角我们擦身而过
漠然地不再相识
啊
亲爱的朋友
请别错怪那韶光改人容颜
我们自己才是那个化妆师

缘分之距 ◎李仕生

《邂逅》写了诗人与旧友的一次邂逅，但是由于时间和空间的隔离而导致了谁也认不出谁的尴尬且悲哀的局面。读这首诗的时候，情不自禁就被诗中意境所感染，脑中就会若隐若现地出现一幅幅常见而深刻的画

面——两人擦肩而过，漠然不再相识。

沉重，而文字如行云流水；平静，却思绪翻滚；哀婉，但无法掩饰对生活无奈的感叹。诗人在诗中给一个人的眼角、额头、头发和手轻轻地勾画上忧伤和流浪，再轻轻地抹上思念和岁月的水彩。在这张岁月雕刻的面具下，“在街角我们擦肩而过”却漠然，心灵相距了十万八千里，谁也不再认得谁。两个人就像大街上天天擦肩而过的行人，谁都没有把心留给谁。等到擦身过后，或许才发现那张陌生的脸孔曾是那么熟悉。然后转身，但是“他”已经消失在人群的浪潮中，欲寻不着。相遇的缘分就这样错过，接着很自然就引出一串喟叹：到底是韶光改变了你我的容颜，还是我们自己才是那个给自己化妆的人？“请别错怪那韶光改人容颜/我们自己才是那个化妆师”，两句充满着哲理的诗句戛然结束全诗，却留给了读者无尽的想象和思考。

我喜欢读这样的小诗，喜欢诗中这样淡淡的哀愁和浓浓的韵味。

细水长流，点点滴滴，当初浪漫的爱情终成了烫贴灵魂的亲情，平凡而又深厚，所有的爱便都成为一种习惯。

习 惯

叶　臻

父亲手术后

母亲晚上睡觉

就不敢翻身

她害怕翻身
碰痛了父亲的伤口

父亲去世八年了
母亲晚上睡觉
还是不敢翻身

她害怕翻身
碰痛了夜晚的伤口

爱的习惯 ◎毛文丽

爱有时候很简单，就隐藏在生活的每个细节里，如此纯粹、朴素，却扣人心弦。

多年前，父亲手术后，母亲便养成了新的生活习惯，睡觉的时候不翻身，因怕不经意间碰痛了父亲的伤口。如今，父亲已经去世八年了，母亲在夜里睡觉时还是不敢翻身，她怕一个小小的翻身动作会在夜里触痛她的思念伤口——父亲已经不在身旁，她用一生深爱的人已经永远离她而去。

诗歌的语言很平淡，读着却让人万分感动，长盈于心。爱的人不在了，但爱还在。母亲保持着这爱的习惯，让它顺着爱延续了下来，伴自己一辈子。诗中一个爱字不说，可是爱的情意尽含其中。抒情并不直率，却自有一种打动人心的独特力量。

诗歌中，两个"伤口"的含义固然不同。一个是父亲手术后的伤口，一个是母亲心中的伤口；两个"痛"的意义也不相同。一个是肉体上的痛，

而另一个却是精神上的痛。题目“习惯”更有两层意思：一是母亲为了父亲而养成“睡觉不翻身”的习惯，是生活中的习惯；二是父亲和母亲彼此间的爱已经成为一种习惯，一份默契，一份真情，彼此之间相伴着也是一种习惯，就像两个不可分割的词组，少了谁都不完整。

细水长流，点点滴滴，当初浪漫的爱情终成了烫贴灵魂的亲情，平凡而又深厚，所有的爱便都成为一种习惯。

爱情的永恒不是建立在浪漫幻景之中，而是依赖一种责任，爱你的人肯为你做一切事情。爱情的快乐不在于爱人的外貌、地位、荣誉，甚至才华，只在乎两人是否有共鸣。

等待一个人送来树苗

古　马

树坑已经挖好
在我心上
绕过天狼星的山峰
一个送树苗的人
就要来临
树坑
就要喊出一个比春风更轻的名字

紧随我左右的黑暗

有着按捺不住的兴奋——

就要弯下腰去帮我扶直树苗

就要

把那个送树苗的人

栽种到我的生命当中

韵飞情动 ◎ 吴华新

诗人用平易的语言叙述了一个激动人心的时刻，将等待自己爱人的那种渴望与爱人即将到来时的兴奋心情细腻而生动地展现出来。诗人之所以那么激动，因为爱人不是骑马或搭车来的，她“绕过天狼星的山峰”，为了驱走“紧随我左右的黑暗”，她是真爱自己的。对于即将来临的真爱，又有谁能够保持内心的平静，又有谁不雀跃欢喜，这种心情不同于见到初恋情人的心跳，这更是一种经过审视，经历考验的爱情感觉体验，是强烈的感情沉淀过来的一种深沉的情绪。

爱情的永恒不是建立在浪漫幻景之中，而是依赖于一种责任，爱你的人肯为你做一切事情。爱情的快乐不在于爱人的外貌、地位、荣誉，甚至才华，只在乎两人是否有共鸣。如果没有交流的契合，那么爱人在别人眼里是伟大的，在你心中也只是一个外在物，没有贴心的感觉，爱变成了单方面的挚爱与憧憬。真正的幸福来自于视对方如自己，和对方完全融合在一起的感觉，这种融合不仅是阴阳交合，也是精神之恋，灵魂的融合。每个成功的男人背后总是有一个成功的女人支撑，当这样的人即将“栽种到我的生命当中”，好不容易找到一个钟情自己的人，“我”真是害怕那么一丁点动静都会吓跑她，除了用笔喊出那个“比春风更轻的名字”，就只有静静地等待，怜爱之情可见一斑，真挚之谊跃然纸上。

你我之间，爱情的流露，亦有如此交错的节奏。你倾慕着我，我却又偏爱着别处的灿烂山花，你那感伤的泪水，我又何曾有暇顾及。

之间

张忠军

两条铁轨从起点至终点
分别承接雨露和月光的是一朵并蒂莲
再狭窄的河流
也不能合并两岸
一行泪水并不去注意
另一行泪水流得快还是慢
窗终于推开
那是谁的目光
左面一扇，右面一扇

心心寄意 ◎黄小娟

诗人张忠军的《之间》寄意忽明忽暗，似流露于字里行间却又深深地喻于意象的私囊里，捕捉了读者的视线：

生活中寻常的意象——“铁轨”自始至终保持着不变的距离。平行的铁轨不会偏离它们之间固定的位置，自然地平行着，直至到达同一目的地，是心与心之间的默契。

一枝开两朵的罕见的“并蒂莲”，承接着各自的“雨露”与“月光”似乎永远地独立着。细细思索，可却有着意境的相连：雨露的飘洒、滋润，月光的轻泄、柔和抚慰，是心与心之间的投合。

“河流”昼夜不眠，潇洒地向着流的方向，再狭窄“也不能合并两岸”。合并了，岂不成了一潭静谧的湖。两岸之间，是心与心之间的灵动。

“相顾无言，唯有泪千行”。千行的泪水也难以找到同行的两行泪，快与慢，保持着各自的节奏。不禁感想：你我之间，爱情的流露，亦有如此交错的节奏。你倾慕着我，我却又偏爱着别处的灿烂山花，你那感伤的泪水，我又何曾有暇顾及。虽即如此，可也有着“真情感动天”的演绎。泪水之间，有真情的感动，是心与心之间的动感纽带。

“窗终于推开”，我仿佛听到了开启的声响。诗人已受不住意象的感触，情感的碰撞，将压制着的寄意暴露于诗作的最后章节。“那是谁的目光，”一句假意的转借，一个蓄意的隐藏，忍不住“之间”的阻隔，“左面一扇，右面一扇”。寄意的主旨更加明显：“之间”心与心的扉页，页页展开，让距离产生的美成为永恒。读到这，我的思绪自由飞翔，并产生了感性的理念：距离的美是“之间”永不退色的心心寄意。

《之间》这一首诗里，对平平无奇的客观存在的细节描述，却极易牵动着读诗之人的心弦：诗人的心泉汩汩流淌着，层层复叠，直至推开，达成了心与心相通的真实。《之间》是诗人的诗，是诗人的心。

四月天，人间铺上了春的草席：阳光温煦、和风吹拂、白花绽放、鸟儿啼鸣，人间所有的甜美、情思、快乐和梦想尽在四月。

你是人间的四月天

林徽因

我说你是人间的四月天；
笑响点亮了四面风；轻灵
在春的光艳中交舞着变。

你是四月早天里的云烟，
黄昏吹着风的软，星子在
无意中闪，细雨点洒在花前。

那轻，那娉婷，你是，鲜妍
百花的冠冕你戴着，你是
天真，庄严，你是夜夜的月圆。
雪化后那篇鹅黄，你像；新鲜
初放芽的绿，你是；柔嫩喜悦
水光浮动着你梦期待中白莲。

你是一树一树的花开，是燕
在梁间呢喃，——你是爱，是暖，
是希望，你是人间的四月天！

爱如四月 ◎晨 曦

四月天，人间铺上了春的草席：阳光温煦、和风吹拂、白花绽放、鸟儿啼鸣，人间所有的甜美、情思、快乐和梦想尽在四月。诗人用四月天来形容爱，使爱着了春的千姿百态，把一种抽象的、看不见摸不着的情感演绎得很具象。化无形为有形，化抽象的为具象，它对“爱”的形象描述贴切得当，流露出诗人心中最真挚的情感。

爱如四月天光艳轻灵。爱的“笑响”把偷偷绕过耳际的风“点亮”了，让人感觉爱真如精灵般轻盈灵巧，在春光中“交舞着变”，给人间带来一股复苏与喜悦的气息。以听觉——视觉——感觉的转换让人从各个感官角度来体味爱的神韵。

爱如四月天轻柔静谧。诗人笔下的爱千姿百态，如“云烟”氤氲迷蒙；如“黄昏吹着的风”细软丝柔；如“闪动的星子”缀点夜空；如“洒在花前”的“细雨点”润物无声，把爱的动态之美演绎得淋漓尽致，不正是在告诉我们“爱如空气，无处不在”吗？

爱如四月天鲜妍庄肃。娉婷且鲜妍的“爱”拥有一身最美的风姿，更有“百花的冠冕你戴着”，怎不让人羡慕？可“爱”却从不娇气，保留着自己的天真、庄严，显出爱的纯洁、深刻与厚重，这便是爱的内涵与真谛。

爱如四月天新鲜娇嫩。那鹅黄是最初的生命，那绿是无限生机的说明，那白莲是柔嫩生命的标志。在这里，诗人赞颂爱的勃勃生机，对爱充满着无限的期待和喜悦。爱如四月天温暖陶醉。“一树一树的花开”布满人间，“在梁间呢喃”的诉说着春的故事。这爱的空间有温暖，有希望，让诗人无限热爱和眷恋，穷尽言辞也赞叹不完，只在结尾深情道上一

句——“你是人间的四月天！”，与诗的第一节呼应，流露了充沛真挚的情感，也显示了结构的严谨。

全诗意境优美，蕴藉的情感真挚细腻；语言清丽脱俗，采用重重叠叠的比喻，喻体纯净美丽，不着一点雕琢；诗歌更体现了三美原则：绘画美、音乐美和建筑美，让人读罢享受无穷。

其实不是诗人相信命运，而是诗人不想伤害他心爱的人儿呀。

偶然

徐志摩

我是天空里的一片云，
偶尔投影在你的波心——
你不必讶异，
更无须欢喜——
在转瞬间消灭了踪影
你我相逢在黑夜的海上，
你有你的，我有我的，方向；
你记得也好，
最好你忘掉，
在这交会时互放的光。

销魂醉魄

◎ 王婉珍

这首诗给人一种感觉就是诗人很洒脱，把相遇看做是一件很偶然的事，不必讶异，也无须记住。

其实，这是一种怎样的邂逅呢？是诗人在茫茫人海中访他唯一“灵魂之伴侣”啊。一片云悠悠地浮在天空，众里寻她千百度，终于访到了那位朝思暮想的心上人。但苦于不能接近，不能把自己的欣喜告诉她，唯有把自己的影子投射在她的波心。这影子是何其的奇妙啊，活蹦乱跳，饱含深情，对方能不讶异欢喜吗？可是在转瞬间，这片云就飘走了，连影子也带走了，不管是什么原因，留给双方的都是无限的惆怅；漂浮在除了浪涛还是浪涛的“黑夜的海上”，紧紧抓着孤零零的一叶小舟，被海水荡得惊慌失措，突然迎面而来一只小小的船，一只，孤孤单单的一只，而且也是小小的，但双方却一下子好像找到了躲避风浪的港湾，找到了精神的家园。黑夜中，那“交会时互放的光亮”是生命的曙光，爱情的火花啊！这样刻骨铭心的相遇能在分开的那一霎就忘了吗？答案显而易见，这样的邂逅今生难忘。

那么诗人为什么又要对方忘掉这偶然相遇呢？

诗人理解“灵魂伴侣”的苦衷。因为“方向”不同，也就注定了他们一生都不能在一起，但诗人却仍深深地爱着她，不允许她受到一丝一毫的伤害。而要做到这一点，就只有让对方忘掉这场相识，不再空劳牵挂了，所以诗人宁可独自忍受着思念的煎熬，也要故作潇洒地说：“我在空中飘着，是随机投影的，偶尔轮到你也不足为奇；我在海上浮着，随波逐流，碰巧遇到你，也只是擦肩而过，记不记得也无所谓。”

诗人就是设置了这样一幕假戏——这位“灵魂之伴侣”是他偶尔碰到的，而不是苦苦追寻的，得之他幸，不得他命，如此而已。其实不是诗人相信命运，而是诗人不想伤害他心爱的人儿呀。

世界上最遥远的距离

不是　生与死

而是　我就站在你面前　你却不知道我爱你

Part Five

社会视角

诗歌对社会现实有着忠实的记述能力，有一种扎根生存状态、呈现悲悯本性的道德力量，在这里诗歌有了心灵的力量。社会似乎遗忘了诗歌，然而诗歌并没有遗忘社会，物质生活里我们依然需要诗歌，诗歌关注当下，关注现实的视角没有动摇，从诗歌中我们依然能看出生活的本真和情感的力量。

也许，人生的命运往往就是在这拥挤得无奈的环境下激荡着，许多人的向往、欢乐都会夹杂着未知的或是已经的苦涩与无奈。

春节速写

叶延滨

回乡的，用编织袋
织补好一个关于城市的好故事
挤在一起的体温
让火车票上着火一样烫手

过去一年的梦等着回到乡下去醒
一年的痛哭等着回到乡下去笑
进城的，用编织袋
也提着一个关于城市的好剧本

挤在一起的体温
让水泥堆砌的城市感受到春意
未来一年的梦在车厢里开始
一年的命运在无法转身的车厢发呆

悲喜之春 ◎ 宋小爱

诗人用简练的线条为我们勾勒出一幅春节时期火车上的生活图景。回乡的农民工及进城的农民在这同一空间里各持着不同的心态，两者心态的异然成鲜明的对比，揭示了生活里既矛盾又统一的辩证关系。

诗里藏着一个重要的信息：春运，这个每年牵涉到千百万人大迁徙的"候鸟"运动。于是，诗人以非同寻常的意象组合刻画了这一大迁徙中人们的种种心态。

"过去一年的梦等着回到乡下去醒/一年的痛哭等着回到乡下去笑"，回乡的在城市一年的生活中经历了什么，承受了什么？诗中并没有交代，由此形成了意义上的空白，待我们去填充。然而，从醒"梦"、"痛哭等着回到乡下去笑"中我们还是能够感觉到回乡的在城市一年里的生活充满着无数的困苦阻滞，而他们也只能把人生苦乐的繁杂尽埋心底，"织补好一个关于城市的好故事"，带着一颗受伤的心回乡去疗，带着乡里人的期待去迎合他们。进城的"提着一个关于城市的好剧本"，唱着"外面的世界很精彩，外面的世界特别慷慨"，热切期盼着即将展开的新旅程。也许，人生的命运往往就是在这拥挤得无奈的环境下激荡着，许多人的向往、欢乐都会夹杂着未知的或是已经的苦涩与无奈。

这首小诗篇幅短小，却凝练了丰富的生活内涵，充分地表现出最真实的生活。诗人不仅仅对春节、对社会、也对人生苦乐做出了深层的思考，并且，这些深层的思考在意象、意蕴、意境上也带给人一种独特享受，让诗歌放射出独具个性的思想和艺术光辉。

正气获得重生后，挥掉软弱的泪水，以一种豪迈的姿态重新登上历史舞台，愤世嫉俗的它，要把红尘的浊气全部吞咽。

草

伯　辰

无声死去又无声地活回来
草在烂泥里探出嫩绿的芽尖
这棵来自草堂的青苗　在前世
就闭上了总是含泪的眼睛
那一年草不再开花　那一年之后
草就只能吞咽红尘的浊气
就是那一年茅屋风破　屋顶的草
流经皇庭上空　被一股浊气沤烂
野地上突然长出一片还魂大草
吞咽浊气　吐出真香

碧翠恒青

◎古宝艳

这首诗笔调苍劲，感情激烈而不飘浮。诗人把意蕴透向历史，伸向社会，显得含蓄深沉，令人浮想联翩。

诗中的“草”可以看作为一种豪情正气的象征。在重重的压抑下，这正气经过了生死轮回，终于挣脱污浊，勃起生机；苦难与痛楚都已成为它炼狱的考验！正气获得重生后，挥掉软弱的泪水，以一种豪迈的姿态重新登上历史舞台，愤世嫉俗的它，要把红尘的浊气全部吞咽；经历过风雨的洗礼，“被浊气沤烂”的陈腐灵魂荡然无存，换来的是除浊留香的永恒！

好一句“吞咽浊气，吐出真香”！这铿锵有力的表达，不正是诗人深信这种社会现象会被彻底改变的深切愿望吗？

生活不渴望空虚，心灵不喜欢孤寂，是时候为她们觅一个温暖快乐的巢了。

嚼口香糖的女人

三　子

她是否习惯于在一张箔纸的内部生活？
撕去表层的彩装，她是否
总是在夜晚，把昨天的唇
张成黑暗的耳朵？
她是自己裙角的一个褶皱
是日子精心打磨的一枚戒指
在聊天的时候，她一转身
嘴轻轻动着，却不为你所知

而在白天，她要踩着高跟鞋上班
星期六，她同样要上街
——我所说的嚼口香糖的女人
和你的猜测没有太大的差别
差别在另外的一些时候。譬如那天下午
你从她的房门口经过
偶然听到一声低低的啜泣。谁在说：
“哦，这个下午是不是过得漫长而盲目？”
她提着一个塑料袋下楼
拐角的地方，她的手朝垃圾桶轻盈一甩
——日子没有扎紧，你看见
绿的纸，白的纸，一张张散了开来

深沉哀痛 ◎黎秋霞

在这一首诗中，诗人以窥视者的身份、以洞察者的姿态向我们描述着这样一个城市女人的私人的生活状态与内心灵魂。

诗的第一节提出了几个奇怪的问题，由脆弱易碎的箔纸包装起来的生活是何等的华而不实、不堪一击，它又怎能作为保护膜来保护自己呢？白天的时候还可以靠它来遮盖，而到了晚上呢？一旦被撕下来，灵魂便无处逃遁，心灵便备觉孤单无助。而她是否就是这样的人呢？诗的以下四节给了我们答案。

“她是自己裙角的一个褶皱/是日子精心打磨的一枚戒指。”女人拥有美貌与金钱，她可以坦然地面对这些没有生命的东西。可当她面对人时，却只能是嚼着口香糖，“嘴轻轻动着”，选择离开，不向人诉说自己的内心。女人与人交流的困难与自我封闭，内心的孤寂与抑郁可想而知。城市中，人人都在努力掩藏自己的内心与秘密，于是沟通没有了、理解变少了、关怀消失了，每个人都变成自己孤独的一个人。空虚与寂寞、压抑与消颓反倒成为大多数城市人共有的东西。

女人如所有的人一样上班、逛街，过自己的生活。嚼着口香糖，自以为能够显示出一份洒脱与不羁，可那恰恰是为了掩盖内心的那份不洒脱、慌乱与彷徨，找一个理由不与人交谈。口香糖成了说话的一个障碍，成了逃避、胆怯、伪装的一个道具。

接着，“低低的啜泣”中有着女人悲伤的泪、悲伤的心，为着“漫长而盲目”的日子而哭，这终于暴露了女人毫无目标和方向的生活，空虚孤寂的心。或许最后女人终于明白过来，决心要把过去种种或艳丽的、或苍白的、或颓废的日子收拾起来往“垃圾桶轻盈一甩”，告别那样的日子，找回真实的自己。当看到那散落一地的绿的、白的纸片时，让人有一种触目惊心的感觉，因为所看到的分明就是一段段灰色日子的尸体、一个没有灵魂支撑的人。

生活不渴望空虚，心灵不喜欢孤寂，是时候为她们觅一个温暖快乐的巢了。

尊重与祝福是最重要的，有了这些，卑微者的高贵灵魂才会得到喘息的机会。

看望一个卑微的人

李以亮

听说他病了

我们有了一种担心

看望一个卑微的人
就跟蹲下去
看望一棵小草一样容易
只是我们很少想起
他离我们很近
在一条自行车出没的巷子
我们和他相遇，点头，擦肩而过
我们生活着，有赖于许多人
只是对此我们往往缺乏认识
听说他病了
我们想起去探望
如果从此退出这个世界
我们会感到欠他太多
无需准备什么贵重的礼物
看望一个卑微的人
只需要揣上一份尊重和祝福

心声锋起 ◎欧积德

在我的眼中，人生来就是高贵的，可是毕竟会有一部分人在这个世界上生活得不好，这就是社会上所提到的弱势群体。诗人的高明在于他能够通过一个卑微的人病了这个生活小节反映社会问题，可谓以小见大，实在是了不起！

我们生活在社会中，是社会的人，实在有赖于很多的人才能更好地生活，可是“对此我们往往缺乏认识”，我们漠视了身边对我们有用的很多人，虽然自己离不开他们，却只能等到对方病了才能引起我们的关注。想想看，就在我们的社会中，多少卑微的人因为发生了不可挽救的事情之后才被人们注意到，可是这又有什么用呢？在平时为什么不给他们多一些关爱呢？诗人指出，自以为了不起的人们去看望一个卑微的人，“就跟蹲下去/看望一棵小草一样容易”，他就离我们很近，就在我们的身边，我们为什么不能伸出援手呢？现代的社会越来越进步，可是我们的爱心是不是失落了，又或许只能因为快要失去才懂得珍惜呢？生活中总有这样的怪现象，别人在的时候总是给予忽视的姿态，等到他们不在了，才造作地作出一些表示，这还不知道是不是为了个人的声望呢？

诗人对这种现象真的是很痛心，于是他对我们说“无需准备什么贵重的礼物/看望一个卑微的人/只需要揣上一份尊重和祝福”。是的，尊重与祝福是最重要的，有了这些，卑微者的高贵灵魂才会得到喘息的机会。希望读了这首诗歌的人，能够重新唤起心中的爱心，关心身边的一切，爱护身边的一切，珍惜身边的一切，包括一切卑微或高贵的事物。

“眼睛不一定非长在眼睛上”，那是一颗“心的眼睛”。

照镜子的盲人

李见心

小时候，直到很大了
我总想看看盲人的世界
是什么样子

就像盲人想看看我们的世界一样
我闭着眼睛缝口袋,把手刺破
穿着薄底鞋走在盲人专用路上,把脚硌痛

直到有一天
我看见一个正在照镜子的盲女
她的表情和眼睛里的光
比我还靓

我才恍悟
盲人的世界并不像我们想象的
那么黑
我们的世界也不像盲人想象的
那么亮

眼睛不一定非长在眼睛上
就像有时我们的心并不在心上
我感觉盲人的手指
像上帝一样万能
她能抚摸到光
并分开七种颜色
她抚摸着镜子
并不像我们摸到的那么光滑
她触到的是颗颗沙粒的眼睛
并照见了自己

把这个世界描绘的

最准确、生动、鲜艳夺目的
恰恰是盲人
让肉眼们黯然失色

心的眼睛 ◎郑燕娴

眼睛，是灵魂之窗。眼睛所及，是我们生活的世界万象，美丽与丑陋都是眼睛所发现的。而《照镜子的盲人》却摒弃了我们认知中的眼睛，试图重新对眼睛作定义。如果看题目，我们会发现题目很有意思——“盲人照镜子”。谁都知道，盲人的眼睛形同虚设，而这样的一个题目，也就道出了诗人对于眼睛的另一种解析：“眼睛不一定非长在眼睛上”，那是一颗“心的眼睛”。

诗歌一开始写的是“我”想体会盲人的世界，然后是旁观盲人的世界，最后是感悟盲人的世界。在这一过程里，我们能够明晰诗人所表达的观点：我们应该用心去感受世界，认识世界，别只相信眼睛所看到的，眼睛还是会欺骗我们的，辩明是非，要用心去分析。“把这个世界描绘的/最准确、生动、鲜艳夺目的/恰恰是盲人/让肉眼们黯然失色”，诗人就是用这样一种近乎赤裸的方式，抛弃所有的伪装，试图向我们诉说那些我们无法辩明的真相。

不得不说，这是一首以理性见长的诗，字里行间闪烁着理性的光辉，却又不乏诗意。诗人善于把一个句子颠来倒去：“盲人的世界并不像我们想象的那么黑/我们的世界也不像盲人想象的那么亮”，让整个句子闪烁理性的光芒，又让诗歌更富有诗意。从诗中更可领会诗人深邃的思想，体会字里行间透露出的一些沉痛，诗人似乎要站在这个角度警醒我们：我们生活的现状并不像我们看到的那么美好，某些部分已经腐朽。

这是一位沉浸于理性激情的诗人，这首诗歌有着直指人心的锐利。它从逆向思维切入，在两个相反的词之间搭建出一种和谐。它具有浓重的思辨色彩，唯美而雅致，时尚又不失高贵。

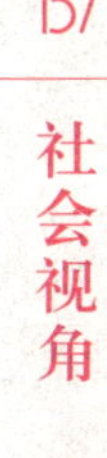

灾难有期，大爱无疆，困难永远挡不住爱的脚步，你们的亲人就是我们的亲人，不抛弃，不放弃，我们永远在一起。

孩子　快抓紧妈妈的手

缪　斯

孩子　快
抓紧妈妈的手
去天堂的路
太黑了
妈妈怕你
碰了头
快
抓紧妈妈的手

让妈妈陪你走

妈妈
怕
天堂的路
太黑
我看不见你的手
自从
倒塌的墙把阳光夺走
我再也看不见你柔情的眸

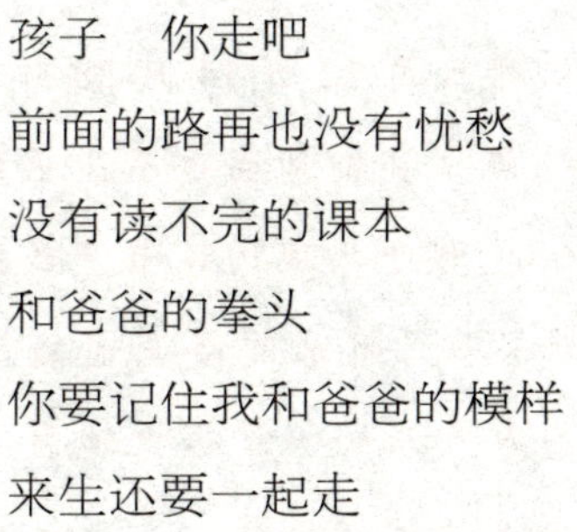

孩子　你走吧
前面的路再也没有忧愁
没有读不完的课本
和爸爸的拳头
你要记住我和爸爸的模样
来生还要一起走

妈妈
别担忧
天堂的路有些挤
有很多同学朋友
我们说不哭
哪一个人的妈妈都是我们的妈妈
哪一个孩子都是妈妈的孩子
没有我的日子
你把爱给活的孩子吧

妈妈
你别哭
泪光照亮不了我们的路
让我们自己慢慢地走
妈妈
我会记住你和爸爸的模样
记住我们的约定来生一起走

生死相随 ◎王 壮

无法忘记镶嵌在心坎上的那一刻：2008年5月12日14时28分！那一刻，巴蜀大地在瞬间地动山摇，天崩地裂，连坚实的地面也不能承载生命之轻，无边的黑暗侵袭了湛蓝天空。那一刻，孩子琅琅的读书声戛然而止；那一刻，繁华的都市瞬间成为废墟；那一刻，归家的路变得遥遥无期；那一刻，死神狞笑着向深埋在废墟中的人走来……汶川大地震震碎了我们家园的一片土地，也给我们的心灵带来了永远的痛。

地震发生后，一首名为《孩子　快抓紧妈妈的手》的诗歌感动了千千万万人内心深处最柔软的角落。诗歌采用对话形式，虚拟了一个场景：一位妈妈和她走往天堂的孩子对话，彼此作最后的道别与安慰，深深的不舍映在彼此的双眸里。妈妈从开始的不舍与担忧到最后的祝福，孩子从开始的害怕到最后的坚强，都深深地撼动着我们的心灵，令我们热泪盈眶。诗中的每字每句都浸满了妈妈与孩子间深厚的情感，他们的对话是那么的简朴，却诠释了人间最温情最深沉的爱。

“哪一个人的妈妈都是我们的妈妈/哪一个孩子都是妈妈的孩子。”是啊，灾难有期，大爱无疆，困难永远挡不住爱的脚步，你们的亲人就是我们的亲人，不抛弃，不放弃，我们永远在一起。

社会在发展中总会有很多理想和愿望，也正是这些理想和愿望的提出，让我们不断去努力实现，进而使社会“将昨日翻成了今日……”，每一天都在不断向前进步着。

我这样理解风

胡 澄

昼夜不息它想把背影中的事物
搬到阳光或月光下
翻过了这片叶子　又去翻动另一片……
苹果的脸一面红一面青

——仿佛神的劳作
无论怎样忙碌都无法将光均匀地分配

它就这样翻来覆去
将昨日翻成了今日……

风之天秤 ◎潘 洋

法国象征诗人马拉美说过：“诗永远应当是一个谜”，“诗写出来原是

叫人一点一点地去猜想。"《我这样理解风》是一首求解性和多义性都非常丰富的诗歌，它的诗意我们难以得出最为确切的答案，好像存在着无数个解让我们去尽情猜想。

当你看到诗中审美意象"风"的时候，你或许会不断地问"是什么"，于我的猜想，我认为"风"可以理解为社会发展中不断要求的进步。社会要得到更快更好的发展，就要有进步的思想作为指导，有进步的方法和措施去实现社会提出的合理愿望。"想把背影中的事物/搬到阳光或月光下"，也就是想把社会的阴暗面、背面揭开给世人看，把社会上各个层面的真实情况展示给世人，期求社会的阴暗面向光明靠拢，这样背面就能够得到社会的关注。

"苹果的脸一面红一面青"可以理解为社会上存在着贫富差异，一些地区相对发达，一些地区相对落后。"——仿佛神的劳作/无论怎样忙碌都无法将光均匀地分配"，苹果一面红一面青是因为吸收光的不同而造成的差异，而风是不能把光线分配均匀的，纵然风有这个美好的愿望。就若要求把社会劳动产品平均分配，做到社会绝对公平与和谐一样也是虚无的，不现实的，因为这不是一个合理的愿望。社会在发展中总会有很多理想和愿望，也正是这些理想和愿望的提出，让我们不断去努力实现，进而使社会"将昨日翻成了今日……"，每一天都在不断向前进步着。

诗歌语义多解，诗人在诗中组合意象群，营造出暗示的系统，让我们能从多角度揣测诗歌的含义。诗人运用了暗示、隐喻等多种修辞手法，打破语言常规，给人诗意艰深的感觉。

诗人这样平静地叙述，内心却猛烈地跳动着，想做就应该忍心做下去而不能了无打算，总不能把这件事“想到头”就抛弃去想其他！

姚振函

这个春天我什么也干不了
从窗缝里进来的风
把书页吹得哗哗响

我总是想那些遥不可及的事情
但我的行动太慢，心太急
不能想农民那样把土坯
打得光滑，方正

我自由，散漫
时间充裕
总是向往那些紧张匆忙的日子
没有耐心等待三天的种子发芽期

雨滴太小太稀
我两手空空
有好些想法没有想到头
就被另一些想法打断

真情告白 ◎ 方董平

在春天这个思想容易萌动的季节里，桌面上的书被从墙缝里进来的风吹得哗哗作响，唤起了诗人思绪的萌动，唤起了诗人对自己的反思。

人总是不甘平庸的。“我总是想那些遥不可及的事情”，也许是诗人的不甘平庸，因而产生了急于求成的浮躁心态，于是他立下了遥不可及的奋斗目标。可是这奋斗目标犹如夜空中的星星，可望而不可即，诗人无法用行动实现自己的目标。通过与勤劳、脚踏实地实干的农民相比，诗人发现自己的行动太慢，心太急，目标遥不可及，注定了自己在“这个春天里什么也干不了”。

自由、散漫，对不甘平庸的诗人来说无疑是在虚度光阴，引起了诗人的不安与愧疚。因此，诗人向往紧张而匆忙的日子，可是，诗人却无耐心等待，并且没有坚持“劳动”下去，使得种子错过了发芽期。

“雨滴太小太稀”是诗人在奋斗过程中自我松绑、自我掩饰的借口。正是这种借口使诗人自己忘记了奋斗。最后，只弄得两手空空，一无所成。无奈诗人只能接受灵魂的拷打。“有好些想法没有想到头就被另一些想法打断”，这是诗人内心深处的反思。

诗人这样平静地叙述，内心却猛烈地跳动着，想做就应该忍心做下去而不能了无打算，总不能把这件事“想到头”就抛弃去想其他！

乌鸦丑陋也敢穿梭于丛林，歌声难听也敢大声叫喊，人们怎么就不敢正视自身的缺陷呢？

乌　鸦

彭天嘉

1

不包装
不戴面具
不用假声唱歌
真实的声音
像警句

2

股市大跌
乌鸦没树上跳水
那天，它读了一篇童话
把石子放进瓶里
喝到了水

3

在歪脖子树上
是一只乌鸦
飞上了梧桐
还是一只乌鸦
啊！美丽的乌鸦

真我风采 ◎王 琦

乌鸦，在众人观念中是个不祥之物，它的叫声沙哑难听，它的出现总给人带来阴森恐怖之感。乌鸦成了许多影视作品中渲染环境的动物，大家讨厌乌鸦，对它没有丝毫好感。而诗人却一反常规，竟把乌鸦看成是美的化身，赞美它的真实和睿智，最后发出感叹："啊！美丽的乌鸦。"诗人的逆向思维，选取角度之独特，让大家走出了对乌鸦存在偏见与仇视的怪圈，重新审视这一只黑糊糊的动物。

乌鸦没有靓丽的羽毛，披一身黑得发亮的衣裳，在森林中飞翔。乌鸦没有百灵鸟般的清脆歌喉，却依然放声高歌。它不戴面具，不矫揉造作，真实地活着，它"真实的声音/像警句"，警醒世人不要安于现状，否则祸害灾难就会降临。

也许你整天为自己平凡的容颜暗自神伤，也许你在为自己的身高发愁，也许你为自己沙哑的声音而惆怅。就为了一些外表而低头做人，总觉事事不如人。因为这些而自卑其实就是一种悲哀。乌鸦丑陋也敢穿梭于丛林，歌声难听也敢大声叫喊，人们怎么就不敢正视自身的缺陷呢？不要遮遮掩掩，抬起你高贵的头吧，自信地大胆地迎接别人的冷嘲热讽，活出真实自我，因为我存在，我美丽。

乌鸦用智慧弥补其与生俱来的缺陷，赢得大家的赞赏。人们往往会为一些不必要的事而烦恼，带着无数个面具做人，弄得自己辛苦，还被别人说虚伪。何不抛开面具，呈现真实的面孔，活出真实的自我！

后代要永远记住这段血泪史，我们有责任有义务把历史的真实留给后人，教育子孙后代。

细菌工厂的扩延

曲有源

（侵华日军在东北建立细菌工厂，
开了生化武器的先河）

把那些有了豁口的战刀
戳成了栅栏
便围出了一个杀人不卷刃不见血的阴谋
（对于死亡的计划
它是批量的）
倘若武运继续长久下去
战犯也许会把妈妈们集中并且
营了起来
作为生产士兵的工厂

而今那厂房居然把印刷的业务
也扩延进来
不是鼠之以疫
而是用教科书上
蠕蠕而动的蚊子(文字)
携带病菌
以传宗接代的长远目标
去毒化心灵

悲风愁雨 ◎袁淑文

这首诗把我们带回了日军侵华那个苦难的年代。日军以杀、烧、淫、掠,残害成千成上万的中国同胞,毁灭了一座座原本美丽、宁静的都市和村庄。日军狰狞的面孔,堆积成山的尸首,熊熊燃烧的家园,颠沛流离的受难同胞,一切仍历历在目。

诗人以“有了豁口的战刀”、“栅栏”、“死亡计划”这些触目惊心的意象,并采用嫁接词语这一技巧,如“战刀戳成栅栏”、“栅栏围成阴谋”,生动地刻画了日军用中国人作细菌武器试验和活人解剖的罪行。“杀人不卷刃不见血”、“战犯也许会把妈妈们集中并且/营了起来”则把日军凶残、暴戾和狡诈的病态性格表现得淋漓尽致。

接着诗人把触角伸向当今社会。“而今那厂房居然把印刷的业务/也扩延进来”、“蠕蠕而动的蚊子(文字)”,这些生动的诗句揭露了战后以来,日本右翼势力利用历史教科书美化侵略战争,否认战争罪行的言行。诗的末两句鲜明揭示了他们言行的实质,就是为了混淆视听,欺骗人民,蒙蔽后代,“毒害心灵”。

这首诗提醒今人并昭示后代要永远记住这段血泪史,我们有责任有义务把历史的真实留给后人,教育子孙后代。

回家吧，拾起被尘封在记忆角落的地图，回家。丢荒了的精神家园还等着自己去重建呢！

羡慕一只羊在草地上吃草

广　子

我看见一只羊，不，是一群羊在草地上吃草
平静安详，自由自在
整齐的影子被风吹动
这黄昏的一幕让我心动
这些羊啊，它们朴素的姿态
还让人疼痛。在黄昏中
我仅仅保持了短暂的幻觉——
当我手捧一把青草
当风吹开我的双眼
羊啊！我是什么时候弯下腰去？

遗貌取神 ◎林国南

读《羡慕一只羊在草地上吃草》，我读到了精神失落的游子对精神家园的怀念，听到了诗人对荒废了的精神家园的呼唤。

人为什么要羡慕一只吃草的羊？这是现代都市人的悲哀！现代的都

市人，活在物欲充斥的世界里，活在对名利的追求中，活在尔虞我诈的互相猜测和利用之中。这种生活，蚀空了都市人的心灵，销毁了他们的精神家园。午夜扪心，才发现自己在荒芜的家园中找不到回家的路。只是有一天，偶然看见羊在草地上“平静安详，自由自在”地吃草，那平静而悠闲的神态，让他们猛然发觉：原来我们平静安详的心灵早已被欲望代替。看到“羊吃草”这一悠闲景象又增添了他新的悲哀“我仅仅保持了短暂的幻觉”，从而令他们要问“羊啊！我是什么时候弯下腰去？”。人啊，什么时候沦落到只能在幻觉中去追求属于你的自由与安详？都市人不知道，他们也不会知道什么时候才能回归到曾经的家园，因为他们摆脱不了都市生活的怪圈，所以只能在渴望与现实中度过一天又一天。虽然，这黄昏下，羊群的平静安详、自由自在的一幕让人心动，“还让人疼痛”，可我“仅仅保持了短暂的幻觉”。他们还得回到钢筋水泥构成的森林里去生活。幻觉仅仅是幻觉，如此而已。

回家吧，拾起被尘封在记忆角落的地图，回家。荒芜了的精神家园还等着自己去重建呢！

眼睛就是心灵的一面镜，当看到这样的眼光，你会想到些什么，你是否有所行动？

眼睛

王辽生

那女孩长大了

眼睛却还是原来的那双
那一双为希望工程奠基的眼睛
很大
能包容人类的无知与有知
很亮
正光照历史的既往和未来
那一双为归真返璞开路的眼睛
对善美它是爱抚
对虚伪它是鞭笞
对邪恶它是唾弃
那一双会说话的眼睛
无声
却是对良知的重量级呼唤

灵魂之镜 ◎李 保

人的毕生历程，往往以双眼来印证，这就是心镜。

相信许多人都看过这幅希望工程的宣传广告。一个贫困山区的小女孩，在一个破烂不堪的教室里上课，而她那双对着相机的眼睛，充满了渴望，一种对学习的渴望，一种对生活的渴望，眼神带着几分天真而又夹着一丝成熟。初读此诗，心有余韵；再读，印象犹深。作者说得好，那是"一双会说话的眼睛"。"对善美它是爱抚/对虚伪它是鞭笞/对邪恶它是唾弃/对良知它是重量级的呼唤"。寥寥几笔，就把画面描绘得如此生动。这对有良知的人来说，是极大的震撼，可谓无声胜有声。作者眼眸深邃，以其独到的眼光去挖掘灼识，以目观者和亲历者的身份去掏出社会的另一群体——贫困山区的小孩子们。作者抓住小女孩的眼睛去刻画，以小见大，勾起人们的良知，引起社会各界人士的共鸣和关注。

眼睛就是心中的一面镜，当看到这样的眼光，你会想到些什么，你是否有所行动？几年前的小女孩现已长大了，但眼睛依然。有良知，我们就不应该让“那女孩长大了，眼睛却还是原来的那双”。有一点可以肯定的是，那女孩只是贫困山区千万小孩的缩影。只要有爱心之人去帮那些具有同样眼睛的山区小孩一把，他们就会得到更多：知识、幸福，这就是良知效应。

Part Six
往事如烟

往事如烟。回想，多少过去的事情又重现眼前，像一团迷雾笼罩在心头。往事如烟，可以随风逝去，可是那些被岁月烙在心上的痕迹，谁又能抹去呢？

如今，萦绕在心头的依然是挥洒不去的淡淡伤感和刻骨的回忆，剩下的只能是那长长的一声叹息……

在异乡，心灵只能在梦中得到安慰。

梦回秦淮

洪　烛

郎骑竹马来，绕床弄青梅。
——李白《长干行》

没有比这更好的交通工具了！
在梦中，骑一匹借来的竹马
回到江南，寻找初恋的青涩
唉，又是梅雨季节
秦淮河的水，涨了还涨
把我的枕头都打湿了

从戴望舒的《雨巷》，走出
丁香一样结着愁怨的姑娘
她是打一把唐宋的油纸伞呢
还是摇动着明清的桃花扇？
我看不清楚。我骑一匹落伍的竹马
远远地在后面追赶

江山、美人，全部消失的时候
我只好停住脚步，持一根竹竿
垂钓于醒来的秦淮河
我不是来钓鱼的，我是来
钓诗的，以李白或杜牧的名字
作为诱饵

我的手在抖，是因为
心在抖？还是因为
饥饿的记忆在咬钩？

乡愁是我的爱情。我的爱情
是一种乡愁

诗情画意 ◎欧积德

诗人流落在异乡，梅雨时节，桨声灯影里的秦淮河入梦来，令人羡慕，而且诗人写得极富情趣，在梦中，居然没有比竹马更好的交通工具了，读到这里谁不微笑认同呢？不错，“寻找初恋的青涩”，寻找打着唐宋的油纸伞或摇动着明清的桃花扇的“丁香一样愁怨的姑娘”，真的没有什么比得上“骑着一匹落伍的竹马/远远地在后面追赶”再合适不过了。可是初恋毕竟是青涩的，饥饿的记忆之眼也无法看清楚初恋的姑娘的心。于是，诗人又巧妙地运用诗歌特有的借题发挥的手法，在江南梅雨时节，“秦淮河的水，涨了还涨/把我的枕头都打湿了”，真不知道是河水，还是泪水打湿了枕头啊？因为是在梦中，“我”也分不清楚了。

当梦醒来时，秦淮河等一切美好的事物“江山、美人”全部都消失的

时候，竹马也消失了，没有了最好的交通工具，“我只好停住脚步”，在梦中是仙境，可是在现实中呢？故乡秦淮河里还有什么呢？除了青涩的初恋、浓浓的乡愁。

在异乡，心灵只能在梦中得到安慰。而梦与诗又是分开的，在诗情画意里能为诗人找回青色的初恋与浓浓的乡愁，于是诗人就用颤抖的心，“以李白或杜牧的名字/作为诱饵”去钓诗，因为诗能够为人们的心灵提供一个家园。

这是一首具有古典优美意韵的诗，很佩服诗人运用语言纯熟自如的才华，但更加看重的是这首诗给我们的心灵与情感的抚慰。

在这个世上，什么是最甜的呢？是温馨；那什么是最苦的呢？是离别后的思念。

（台湾）席慕蓉

让我与你握别
再轻轻抽出我的手
知道思念从此生根
浮云白日
山川庄严温柔

让我与你握别
再轻轻抽出我的手
年华从此停顿
热泪在心中汇成河流

是那样万般无奈的凝视
渡口旁找不到
一朵可以相送的花
就把祝福别在襟上吧
而明日
明日又隔天涯

缠绵不舍

◎龚　剑

在这个世上，什么是最甜的呢？是温馨；那什么是最苦的呢？是离别后的思念。

“天下无不散之筵席”，面对离别时，我们不应该哭泣，而应该像诗人所说的那样：“让我与你握别/再轻轻抽出我的手”，是的，既然已经是铁定的事实了，何必再哭哭啼啼地增加朋友离开时的惆怅呢？

离别从“轻轻抽出我的手”那一刻开始，“思念从此生根”，“年华从此停顿”，诗人运用平实的语言，细腻地勾画出离别时沉重的气氛。“热泪”不敢流出来，诗人怕添加朋友离别时的痛苦，只能“在心中汇成河流”，苦涩洗涤着自己内心深处的不舍心情。

握别、温柔、热泪、凝视……这些伤感的词语描绘了一幅渡口送别图，诗人将“祝福别在襟上”，代替了“相送的花”，送别时痛苦而又惆怅，再次相逢的“明日又隔天涯”，真实地反映了离别时的沉重。

全诗围着落寞、惆怅的基调展开。“热泪在心中汇成河流”“万般无奈

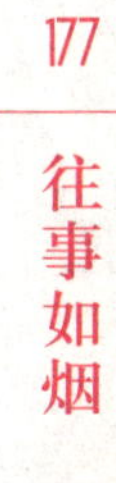

的凝视”，都是诗人苦闷的心情写照。其实，又何止是诗人呢？我们当中的每一个人在面对着离别的场景时，恐怕都是如此吧。作者是一位感性的女诗人，她用女人细致的眼光捕捉了送别时的一刻。全诗笼罩着朦胧的色彩，既可以说是一首爱情诗，写恋人之间的分别和缠绵不舍；又可以说是一首友人离别的友情诗，寄托着自己对朋友的思念。

生活中，我们经常会碰到离别。无论自己多么的不舍，也要像诗人那样，用“祝福”作为“相送的花”，别在他（她）的“襟上”，让“祝福”与他（她）同行。

我们为我们所遗失的童真而后悔，我们亦应为自己的纯真的存在而努力。

风和花

［冰岛］吐斯坦恩·瓦尔蒂玛逊

为什么会有风来，哥哥，
为什么会有风来，
你知道吗？
大树摇动了树枝，妹妹，
就会有风来，
大树摇动就有风来。

那么花怎么来的，哥哥，
难道花是风吹来的，
你知道吗？
那不是花朵，妹妹，
它们是天上的星星，
天亮时洒落到我们身边。

那么所有的小黄花呢，哥哥，
小黄花也是从天上掉下来
落在地上的吗？
是呀，妹妹，它们是太阳的孩子，
难道你没有看到
它们就像太阳一样光彩绚丽。

婉媚动人 ◎陈翠花

看这首诗的时候，我仿佛看到了一对可爱的小兄妹，妹妹睁着一双好奇的大眼睛问哥哥："为什么会有风来"？"那么花怎么来的"？"那么所有的小黄花呢"？在她小小的心灵中，哥哥就是天神，他无所不知，无所不晓。那么的天真，那样的纯洁，这是长大了的人所遗失和欠缺的！

哥哥的回答也许我们乍一看时觉得可笑，可再一次用心去品味时，我们必定会为之倾倒：那样的纯真与对世界无尽的想象力是我们无论如何也找不回的了！你会说"小黄花""是太阳的孩子"？不会，因为我们看到的只是一朵朵开放的小黄花，不再用心去体会它的语言与风姿！我们再也无法想象：花朵怎么会是天上的星星呢？小黄花又怎么成了太阳的孩子呢？是的，在此同时，我们为我们所遗失的童真而后悔，我们亦应为自己的纯真的存在而努力。也许我们无法想象这所有的一切，可是在看

了这首诗之后，我们却为之入迷，那是多么美丽的一幅图画啊：无数的星星在白天里闪烁，太阳的孩子在大地上光彩绚丽！

在语言风格上，作者还写出了童言童语的风趣。例如妹妹想知道问题答案的急切，作者是这样写："为什么会有风来，哥哥，/为什么会有风来，/你知道吗？"利用了反复的手法。而接下来妹妹问花朵是怎么来和黄花是怎么来的诗句即写出了天真的孩子气。在妹妹与哥哥的一问一答中，充满着兄妹之间深厚的感情，而他们之间的气氛也是和睦诱人的，就像蜂蜜一样：甜甜的！

在欣赏孩子的纯真时，也许我们该为自己的"失真"而沉思，但愿我们每个人都能保持一颗纯真的心！

落日总是有的，过去的总是无法追回的；明天总要来到，客观地来，不问性别，不管人的意愿。

海里有一枚落日

曲有源

海水是吃了
沙滩上
太多的脚印
才在岸上
呕出那些白泡沫的

所谓人间往事
被吸收以后
也只生长那些叫做云烟的东西
何必呢
一个人
再不要轻易去那样的地方了
全部的意义无非是回首时
海里有一枚落日
让夜
孵化没有性别的明天

呜咽岁月 ◎ 陈惠琼

一个人徘徊在海边，回想某些往事，是很日常的、生活化的事情，作者却紧紧抓住了这一细节，阐述了“全部的意义/无非是海里有一枚落日/让夜/孵化没有性别的明天”的道理，作者的意思是说：回首都是枉然的，落日总是有的，过去的总是无法追回的；明天总要来到，客观地来，不问性别，不管人的意愿。所以作者慨叹“何必”，叫那个人“再不要轻易去那样的地方了”，体现了作者的人性关怀。

作者运用文字的能力非常纯熟，拟人化的动词处处皆是。如“海水是吃了/沙滩上/太多的脚印”，“呕出那些白沫的”，“所谓人间往事/被吸收以后/也只生长那些叫做云烟的东西”；另外，还有以物拟物的手法，如“让夜/孵化没有性别的明天”，使全诗形象生动，别具一格。

拉开历史的屏幕，透过虚掩的鸿门，一种暴风雨来临前的寂静让人窒息。

鸿门宴

佚　名

鸿门虚掩
中国历史上最有名的一场宴会在里面举行
智慧。半开闭
糅合成战车的轮辙
碾碎西楚霸王高傲的天真的梦
酒香，熏散项庄剑尖一束疲软的
硬伤
宴席上。四十万待应，笑声中藏着一把警觉
的刀
只为一位客人
斟酒
宴主双方的心思。惊心动魄地
浮沉

与会者的心跳。擂响常人听不见的

战鼓
烈酒的火焰，成为两军旌旗上最耀眼的
补白
一页卷刃的历史上，摇曳着血腥的
尸布
在楚河汉界上升起看不见的狼烟
一场没有硝烟的战争，避实就虚
被演绎得
出神入化

客人的血，在酒后就凝成进攻的
铁流，凝成
帝国沉重的夕阳。巨陨般
砸下来
杀机，顿时如同麦芒伏地，流产为一场
白日大梦
可圈，可点

风流之情 ◎陈 宁

拉开历史的帷幕，透过虚掩的鸿门，一种暴风雨来临前的寂静让人窒息。一场没有硝烟的激战，宛如风平浪静的江面却掩盖着翻滚的热浪。突然利剑像着了魔似的劈过去，一刹那所有的动作像点了穴般停住了，只有那颗跳跃的心脏不合时宜地扑扑响个不停。一个身影闪现，一切都变化了。刀光剑影，配合得让人心惊胆战。腾腾杀气扑面而来却又奇迹般上升，飘散，一下子就没了踪影。

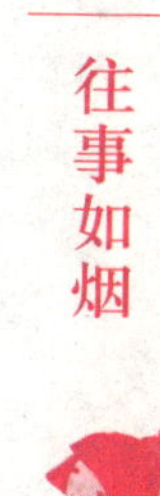

诗人把历史人物的不同形象托付在那种厮杀凝重的气氛当中，通过

简单的几个意象就把项羽的、优柔寡断和刘邦的奸诈狡猾表现得淋漓尽致。鸿门宴上的腾腾杀气在整首诗中凝成了乌云浓雾，笼罩着整个天空，让人为之一振！

世上的万事万物都有其兴衰存亡的命运。当昔日的繁华不再，便只剩下淡淡的回忆，如一杯白开水。其实，我们的人生何尝不是这样呢？

老站

蒋三乞

除了几截没有拆走的铁轨
一切都没有什么痕迹
站台边
几株野芦苇花，白手帕一样在风中摇
它送走的人哪里去了
火车开来的汽笛声哪里去了
外出打工的几个漂亮姑娘哪里去了

那个弯腰的老扳道工和摇旗的瘦子青年哪里去了
那么多曾经等待和期盼的目光哪里去了
我不相信这个小站也会衰老
一切会这样沉寂
那些在远处飞速开动的火车
震动不了偶尔路过的人的心

往日如水 ◎王 琦

往日的小站，如流水逝去，没有留下什么，只剩下“几截没有拆走的铁轨”的痕迹，几株孤零零的野芦苇花在风中摇晃。诗人一开篇就给我们描绘了一幅孤单冷寂的画面。昔日的小站热热闹闹，有火车的长鸣，有漂亮的姑娘，有老扳道工，有瘦子青年，但是此情此景已成逝去的回忆。诗人不觉感叹“那么多曾经等待和期盼的目光哪里去了”，一种失落的感觉爬上诗人的心头。

小站变成老站，它目睹了因火车而牵动的一幕幕或喜或悲的场景，岁月和人生在时间老人的呼唤声中衰老了。这是一个残酷的事实。诗人却不甘心，“我不相信这个小站也会衰老/一切会这样沉寂”，因为“远处飞速开动的火车”上或许有归家的游子，或许有远去的爱人，火车承载着无数的等待与期盼。然而事实是残酷的，火车“震动不了偶尔路过的人的心”。

因为老站已停止工作，人们在老站再也找不到那份牵挂与盼望、等待与思念，小站变老站，是谁的悲哀？这似乎是个无法逃避的结局，或者说是自然的规律，世上的万事万物都有其兴衰存亡的命运。当昔日的繁华不再，便只剩下淡淡的回忆，如一杯白开水。其实，我们的人生何尝不是这样呢？

所有的追求，就在那么平淡而又始终坚定不移地向岁月诉说的话语中。爱，一如生命的单纯和温柔！

楼兰新娘

（台湾）席慕蓉

我的爱人 曾含泪
将我埋葬
用珠玉 用乳香
将我光滑的身躯包裹
再用颤抖的手 将鸟羽
插在我如缎的发上

他轻轻阖上我的双眼
知道 他是我眼中
最后的形象
把鲜花洒满在我胸前
同时洒落的
还有他的爱和忧伤

夕阳西下

楼兰空自繁华
我的爱人孤独地离去
遗我以亘古的黑暗
和亘古的甜蜜和悲凄
而我决不能饶恕你们
这样鲁莽地把我惊醒
曝我于不相识的
荒凉之上
敲碎我 敲碎我
曾那样温柔的心

只有斜阳似是
当日的斜阳 可是
有谁 有谁 有谁
能把我重新埋葬
还我千年旧梦
我应仍是 楼兰的新娘

温柔如绵 ◎池夏芝

读席慕蓉的这首诗，仿佛在江南烟雨的断桥河畔邂逅前朝女子，撑着碎花油纸伞，向你娓娓讲述着岁月里关于情感的感悟和历程，你，会情不自禁地掉落其中，眉间心上满是缓缓落下的哀愁。心里的那一圈泛涟的感动，逐渐氤氲成眼角心疼的泪。就是用那么平静的话语来向你讲述往日初试嫁衣的欣喜，讲述一个女儿家对于爱和将来的憧憬与期待。平静得就好像在说着一个梦，而她是那么的依恋着这个梦。梦里，一切都可以重新开始，一切都可以慢慢诠释，一颗心可以重新感觉所有当年被浪

费的美好时光。

可是，即使这样的梦，也有被惊扰的一天，当“她”终于被世人曝光于世，该怎样来表达她的愤怒呢？简练的“饶恕”和“鲁莽”，说出了她表面平静而内心却又惊涛骇浪的感情。仍是那么温柔的话语，可是就是这样温柔如绵的话语，静静地温柔地指控着外来的冒犯。当你想起她向你祈求宁静的眼神，她面对你时无奈的表情时，你还忍心惊扰她吗？你是否后悔由于自己一时的好奇和冲动惊扰了世间如此完美的爱情？是否为扰乱了她梦想的方向而忐忑不安？所有的追求，就在那么平淡而又始终坚定不移地向岁月诉说的话语中。爱，一如生命的单纯和温柔！

无奈之中，痛过之后，“姐姐，今夜我不关心人类，我只想你”，我什么也不想做，只要好好地想你。

海 子

姐姐，今夜我在德令哈，
夜色笼罩。
姐姐，我今夜只有戈壁
草原尽头我两手空空
悲痛时握不住一颗泪滴
姐姐，今夜我在德令哈，

这是雨水中一座荒凉的城。
除了那些路过的和居住的
德令哈——今夜
这是唯一的，最后的，抒情。
这是唯一的，最后的，草原。
我把石头还给石头
让胜利的胜利
今夜青稞只属于她自己
一切都在生长
今夜我只有美丽的戈壁空空
姐姐，今夜我不关心人类，
我只想你

（1988.7.25. 火车经德令哈）

软语温存 ◎李仕生

《日记》是一首感人肺腑的抒情佳作，读过的人无不为作者的诗句感动，无不为作者沧桑的人生感慨。

诗人的笔下，藏着隐隐的年轻的忧伤。“姐姐，今夜我在德令哈，夜色笼罩/姐姐，我今夜只有戈壁”，感动人心的句子里透出作者忧伤的眼神，而更悲伤的是两手空空，甚至没能“握住一滴泪”。沉重的心，在荒凉的德令哈城里挣扎、落寞。沉默，像一块石头，但无法阻止“一切都在生长”，包括思念、空虚、无奈和忧伤。

全诗在低沉的语言中慢慢倾诉，直率而忧伤，重复出现的诗句加重了抒情的力度。诗中，“今夜我在德令哈”第一次在首节出现，第二次在另一节出现。第一次在暗示时间地点的同时，还酝酿了悲凉的气氛。而第二次重心则在渲染“这是雨水中一座荒凉的城”，使悲凉和忧伤在情感里油然而生。

然而除了这个荒凉的城，空空的黑夜里却还有一个一无所有的“我”。这时候德令哈也不再是座空城，而变成了作者生命里逃不出的地狱和忧伤。“这是唯一的，最后的，抒情。/这是唯一的，最后的，草原。”唯一的，却是最后的。两个诗句把整首诗悲凉和忧伤的气氛推上了顶峰。当“一切都在生长”的时候，今夜我再次意识到我只有“美丽”的空空的戈壁。在无奈之中，痛过之后，“姐姐，今夜我不关心人类，我只想你”，我什么也不想做，只要好好地想你。全诗这样结束，留给了读者无尽的绵绵殇思，抒情余韵，诗意未尽。

诗人把生活中最重要的女性当做“姐姐”，而“姐姐”代表着亲情，“我”在黑夜里如饥似渴地等待她无尽的关爱；“姐姐”又代表着尘世里百折不挠的柔情和所有最悱恻动人的生命细节。面对痛苦，作者在诗中就是像受伤的小孩向一个仁慈善良的姐姐无尽地诉说，诉尽夜的黑、戈壁的空虚、人生的无奈。而第二年，我们谁也没有想到，这首诗竟真的成了他“最后的，抒情”。

当心儿在胸中变得又甜蜜又温柔的时候却还故意发问：“谁才知道它呢，它为什么温柔。”

谁才知道他呢

[苏联]伊萨科夫·斯哈伊尔·瓦西里维奇

黄昏，在我的房子旁边，

徘徊着一个青年，
他什么话也不讲，
只是对我眨眨眼。
谁才知道他呢，
他为什么眨眼。

当我出现在游乐会上，
他又跳舞又歌唱。
当我们在篱笆门边别离，
他别过脸去叹叹气。
谁才知道他呢，
他为什么叹气。
我问："你为什么不快活？
难道生活使你不舒心？"
他回答道："我丢失了
我的可怜的心。"
谁才知道他呢，
他为什么丢失。

昨天他给我寄来
两封叫人猜不透的信件：
每一行都只有一些小圆点，
好像在说，你自己猜猜看。
谁才知道他呢，
他为什么躲闪。

我才不想去解谜呢——

你别抱希望吧，也别等候。
可我的心儿为什么在胸中
变得又甜蜜又温柔。
谁才知道它呢，
它为什么温柔。

爱情在线 ◎ 陈翠花

爱情是人类永恒的主题，也是诗歌永恒的主题，如果诗歌的世界少了爱情的主题，我们无法想象那会是一个什么样的世界！

读了这首诗，我为诗人动人细腻的爱情描写而心动，他把青年追求少女的情节和心理描写得淋漓尽致。

这首诗是以少女的口吻写的。

先是青年黄昏时在少女的房子旁边徘徊，好不容易见着了少女却因为害羞或别的原因不敢说话，只是对少女眨眨眼。接着两人在游乐会上相遇了，玩得相当愉快，临别时青年故意叹气（你可以想象那是怎样的情景）引起少女发问。青年回答道："我丢失了我可怜的心。"（多有"阴谋"！）同时还有情信攻击："两封叫人猜不着的信件：/每一行都只有一些小圆点"。

这首诗最得意的地方是每一节后面两句："谁才知道他呢，他为什么眨眼"；"谁才知道他呢，他为什么丢失"；"谁才知道他呢，他为什么躲闪"；"谁才知道它呢，它为什么温柔"。这一句句连起来便是一部丰富的恋爱史，它把少女故作糊涂的情态描写得精彩无比。

最后那一段写少女心动了，可是她却故意说："我才不想去解谜呢——/你别抱希望吧，也别等候。"当心儿在胸中变得又甜蜜又温柔的时候却还故意发问："谁才知道它呢，/它为什么温柔。"我相信所有读了它的人都会会心一笑！

原来，以为忘记的你，一直被思念着，藏在心底的深处！

思念的痛

徐安贵

是谁　借着夜色
在数着流星雨
是谁　望着滔滔江水
惋惜岁月的流逝
夕阳下瘦弱的身影
站立着远古的眺望

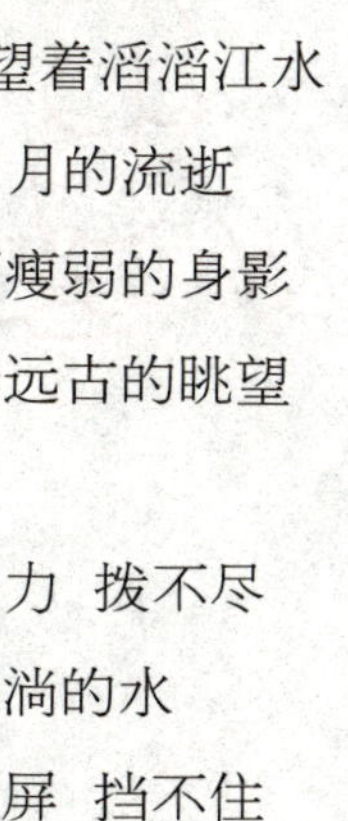

一蒿之力　拨不尽
汩汩流淌的水
一树之屏　挡不住
长风穿过的手臂
情感的信鸢
在黑夜来临前放飞
好让它捎去爱的消息
思念的旗

不会因风而倒下

走出孤寂的庭院
浸入水一样的视野
夜　一样爽朗
星　一样明亮
我为你祝福千年的那支蜡烛
为心灵而点亮
思念以火花的方式
寻觅眼睛
来撒满像星星一样的泪
默然凝望远方的你

心若离弦之箭
在长长的黑夜里寻得很痛
以致迷茫了思念
泪洒在千百次回环的路口
沿着尘埃走来的
是否是风雪中邂逅的故人

拾掇空中飞来的每一分慰藉
酝酿灵肉蔓延的每一丝快感
沉醉在守望中
在被研磨成冰的记忆底层
却赫然站立着
——你

浓情时分 ◎林国南

孤寂的夜行人,凄苦的相思者——这个伤感而忧郁的形象常会出现在爱情诗上,他有时出现在如血的夕阳下;有时出现在黑暗的林荫路口;有时出现在细雨飘飞的窗台。因为爱却不能拥有爱，便有了许多伤感的思念。爱不是占有,但有爱却不拥有承载爱的人,心底始终有一种痛,因为爱就是一颗被丘比特利箭穿透的心,有过爱的人都有过这样的创伤。《思念之痛》便是如此,诗人以简单的诗言抒发了思念者的无奈与痛楚。

《思念的痛》一开篇,诗人就用隐晦的笔调定下全诗凄苦的基调。"借着夜色/在数流星雨",望江水叹岁月流逝,夕阳下眺望。这些本来并非人人见到都觉得悲伤的事物,但经诗人组在一起加以渲染,诗中之情便成了李清照所叹的:"冷冷清清、凄凄惨惨戚戚"的那种情景了。正如王国维在《人间词话》说的:有我之境,以我观物,故物皆着我之色彩。然而,诗中的主体并没有停留在感叹思念之中,他也曾经有过许多梦想,并且执著地、浪漫地渴望和努力地追求。他曾经一次次将"情感的信鸢/在黑夜来临前放飞",也曾"在长长的黑夜里寻得很痛,/以致迷惘了思念",但是没有结果,因为"一篙之力 /拨不尽汩汩流淌的水","沿着尘埃走来的"不是"故人"。于是,只能在空中寻找慰藉,在"灵肉蔓延"中寻找快感来填充空虚的心灵。原以为生命从此灰色,灵魂从此漂泊,可是多少年后,在对生命进行一次清点,竟然发觉:在"被研磨成冰的记忆底层/赫然站着你"。原来,以为忘记的你,一直被思念着藏在心底的深处!

这就是思念,这就是无法拥有的爱。不一定会快乐,或许会很痛,但仍有人漫漫无期、却又默默无语地守候,去呵护心底那一片属于爱的纯真。肯定有人用整整一生去期待,也没有等到理想的爱,但是没有遗憾,虽然用尽一生也没有得到爱,却终生不放弃爱的权利。于是,便拥有了人类最深的爱,那就是:对于爱的爱。

唱啊唱啊，远方还有谁在唱歌？谁说歌声里有着快乐的忧愁，我听到的只有苍凉。

踏歌而行

许　敏

我的歌
从忘却中苏醒
手里还攥着不愿散去的花香

来不及想念
想念只是生命疼痛的一种方式
风雨中抱紧的梦
可以穿过沧桑
却离不开洒满光泽的琴键

当歌声覆盖了心灵
在忧郁中走远的只有徘徊的脚步

做个歌者
当你的凝望中

听懂听不懂都是一种回赠
像最后的沉默和给予
披一身月光
却在泪水里醉了

我的歌离我很近
而我却在远方的路上
踏歌而行

苍凉之歌 ◎吴慧玲

我已不能再说些什么了，望着这行行的诗，我竟发现我一生想说的话如此的少。想想我们所有人的一生，竟已不能回头，无论悲伤，无论快乐，无论迷茫，无论清晰，我们竟都已不能回头。我想，每个人踏歌而行的歌或许都含着某种悲壮的成分，仿佛无法存活的战士，踏入了沙场就是地狱。

我们每个人就是这样走着，有的人睡着了，有的人睁大了眼睛，有的人半醒半睡。睡着的人闭着眼睛，而他们未必是睡了，我们必须穿越他们冷漠的身体才能看清楚他们，清醒竟令人如此伤感。睁大眼睛的，我们看到的也许只是一个空洞的眼神，也许是一个嘲笑的弧度，也许是一个无奈地耸肩，只有这样他们才能保持清醒。那些半醒半睡的，迷蒙的眼睛拒绝所有人的窥视。其实他们就是我们，难道在这世界机关算尽的我们不明白，一切就像一条不归路。

我们都在无力的唱歌，不管别人听不听得懂。年轻都曾不顾一切，歌声飘远了，剩下的还是歌声，还有我们已经老去的容颜。其实我们都曾向上帝祈求过什么，那时我们都听不懂走在我们前面的在唱什么，等我们终于听懂了，看看我们还剩什么。唱啊唱啊，远方还有谁在唱歌？谁说歌声里有着快乐的忧愁，我听到的只有苍凉。

也许走路，还是沉默的比较好，沉默的让所有梦想随风而去，要不然，歌声会让你泪洒旧路。

衷心祝愿他们这些英才和英雄，在天堂能获得快乐，能真正快乐地写诗！

挽歌：给早逝的诗人们

谢荣胜

你们留下了诗歌。你们带走了诗歌
你们带走了生命和肉体
你们留下的心灵的行走永不停息

如此的空白，大地诗歌的森林
似睡非睡　它的梦中结满冰块

带泪的清晨
我看见黄昏的瞳孔湮没了
那么多优秀的人的悲歌和哭泣
他们的挽歌还在延续
他们诗歌的绝作用生命换取

祖国的戈壁 雪山 湖泊 星空
少了他们的吟唱 少了他们的流浪

我心中的英雄
在没有战争的年代
就这样猝然倒下
在诗歌的草原上埋下自己

春冷哀痛 ◎ 绿柳枫

读完这首诗歌，心情是沉重的。一连串熟悉但已早逝的诗人的名字如海子、戈麦、骆一禾、方向等，像老朋友似的，一个个排着队从我的记忆深处走来。

也许，在很多人眼中，诗人看起来是无限风光的，因为他们头上有着令很多人羡慕的才华和荣誉做成的光环。但是，写诗者和诗人心中的痛苦，却根本是无法用言语表达的，也是那些不写诗的人永远也无法理解和体会的。那些早逝的诗人当中，有些人是死于疾病，如骆一禾；但很大一部分是自杀而身亡的，如海子、戈麦、方向等。他们这些艺术的苦行僧，这些灵魂的决斗者，无论是死于疾病还是自杀身亡，都属于早逝的英才，都属于早逝的英雄！因为，他们“留下了诗歌”！“他们诗歌的绝作”是“用生命换取”的，他们“留下的心灵的行走”将“永不停息”，“他们的挽歌还在延续”且将永远延续。但他们这些早逝的英才和英雄，在用死亡的方式结束他们心中长久的痛苦的同时，不但“带走了生命和肉体”，而且也“带走了诗歌”，带走了很多尚未完成的心愿和尚未诞生的优秀诗篇；给很多人留下了莫大的痛苦，也给诗坛留下了莫大的悲哀和损失，让诗坛一度陷入迷蒙冰凉之中，让“大地诗歌的森林”变得“如此的空白”，让“它的梦中结满冰块”。但不管怎么说，他们这些“在诗歌的草原上埋下自己”的诗人，“在没有战争的年代”，永远是“我心中

的英雄”！衷心祝愿他们这些英才和英雄，在天堂能获得快乐，能真正快乐地写诗！

为了我们身边的故事更温馨感人，为了四季的夜晚更宁静醉人，请把心扉打开，让心与心相约在依傍的港湾。

吴玉晗

谁在渭城朝雨中洒下留恋的泪
谁在长亭古道上苦苦追问归期
谁在桃花潭水里种下千尺深情

谁在长江楼台上眺望孤帆远影

自古多情的人啊

都伤感在离别的时候

驿路杨柳纵折尽

怎能解心中愁索

红酥手，再斟满一杯黄藤酒

阳关外，再难寻知心朋友

今日与君别离后

唯愿明日千里　同伴故人游

难 解 难 分 ◎ 卿丽萍

行文处处巧妙地借人之言，抒"我"之情，衷"我"之心，情切而意达，充满了浓郁的文化韵味，散发着诗意和理性的芬芳，使人读之如饮甘露。

它的背景也是一段真实而平凡的演绎。也许在秋意绵绵余晖将尽的黄昏，作者在驿外桥上独自愁，为的是与之团聚一时又匆匆远去的朋友。长岸依依，佳处仍数杨柳晓风残月；西风染黄，枝叶瑟瑟，私乱发舞在泪痕满面的脸颊上，怎不令人触景生情，有感而发呢？

在我们为作者感动而感动之余，我们更应该把作者的心路历程，心灵悸动当做一面镜子。为了我们身边的故事更温馨感人，为了四季的夜晚更宁静醉人，请把心扉打开，让心与心相约在依傍的港湾，让真情似涓涓流水无私地流淌，让虔诚而真挚的祝福画满咫尺的今天和遥远的未来。

即使是依依惜别，即使是稍纵即逝的音容背影，也能永驻心田。明白这个道理，我们就不应该抱怨生活带给我们离别的伤感。而正是因为这般伤感，才产生了我们生活的期待，成就了我们回忆的天堂。

愿作者的密友，终有一日能再与作者相聚一堂；愿来日方长，重伴故人逍遥游四方。

难道，两情相悦只能在世俗中挣扎？难道，两心相爱却因金钱而分离？这究竟是谁的悲哀？！

一滴

艾　砂

一滴情也不轻抛
一滴露也洒落禾间
一滴水要升腾成云
一滴血叙述祖宗的恩典

珍惜一滴情
挽生民之涂炭
珍惜一滴血

去喂磅礴的河山
珍惜一滴水
润活干涸的古楼兰
一滴 亿滴
易滴 亦滴
滴出戈壁的塞北江南

明山丽水 ◎ 刘存志

阅读这首诗，我感觉到了一种令人心潮澎湃的历史责任感。作者对历史的思考和理解，达到了与历史共呼吸的境界。我极为佩服作者对历史的思索。

诗中的第一部分的“一滴情”蕴含着汹涌的爱国情感；“一滴露”显现出生命的需要；“一滴水”燃烧自己的激情；“一滴血”珍藏祖宗的辉煌和坎坷。“一滴”看似微小，其实分量沉重。

在第二部分中，作者在剖析历史的内心时，思考着陷于水深火热中的生灵靠什么去拯救，雄伟壮阔的河山靠什么去镇守；他站在历史的高度作了如下的回答：“珍惜一滴情/挽生民之涂炭”；“珍惜一滴血/去喂磅礴的河山”。“润活”二字使历史在作者的想象中一点一滴地还原、复活。古楼兰的太平盛世、歌舞升平、金戈铁马、衰败沧桑……

“滴出戈壁的塞北江南”给人一种“小楼昨夜又东风，故国不堪回首月明中，雕栏玉砌应犹在，只是朱颜改”的感觉。塞北原本是大片的荒漠，而作者故意写塞北像江南一样山清水秀，绿树成荫，表现出他对古楼兰的无限依恋，同时以一颗灵动的心审视历史和人类的自身，昭示我们：历史就在复活中。

爱要拐几个弯才来？我等的人，他在多远的未来？

一棵开花的树

（台湾）席慕蓉

如何让你遇见我
在我最美丽的时刻 为这
我已在佛前 求了五百年
求他让我们结一段尘缘

佛于是把我化做一棵树
长在你必经的路旁
阳光下慎重地开满了花
朵朵都是我前世的盼望

当你走近 请你细听
那颤抖的叶是我等待的热情
而当你终于无视地走过
在你身后落了一地的
朋友啊 那不是花瓣
是我凋零的心

怀春之心 ◎钟 坤

诗之灵魂在于情，情真意切才有诗。席慕蓉的《一棵开花的树》把一位少女的怀春之心表现得情真意切，震撼人心。

“如何让你遇见我/在我最美丽的时刻”。诗一开篇，一位美丽端庄，大胆坦率的少女形象倾泻而出，鲜明动人。没有惊天地、泣鬼神的山盟海誓。“最美丽”三字把少女追求纯洁、神圣、伟大、美好的爱情之心描绘得细致入微而又淋漓尽致，却又没有一丝一毫的矫揉造作，是少女之心至真至诚的自然流露。

“阳光下慎重地开满了花/朵朵都是我前世的盼望”。有人说，爱情是缘分，爱一个人与不爱一个人，是感觉，是无法选择的，任何的努力都是刻意勉强的，是徒劳白费的。然而，茫茫人海中，又有多少人排着队，拿着爱的号码牌，向左向右向前看？爱要拐几个弯才来？我等的人，他在多远的未来？如果说，缘在天意，那么，份在人为。现代人所奉承的有缘无分，是一种消极的自我放弃的安慰。诗中女子，在意中人“必经的路旁”“慎重地开满了花”，是爱的宣言，是积极成就与意中人的“份”的举动。“慎重”一词更细腻地刻画了女子努力完善自我，用一颗真心去眺望爱情的心理活动。人生匆匆，在我们不经意间流走的又岂止是爱情呢？成功三分天注定，七分靠打拼，爱拼才会赢。

“在你身后落了一地的/朋友啊 那不是花瓣/是我凋零的心”！当意中人“无视地走过”，那落了一地的不是花瓣而是少女凋零的心，是泪，是血，是失落；如泣如诉，其凄凉之状况，催人泪下。然而，“落红不是无情物，化作春泥更护花”。那落了一地的更是少女的心之无愧，情之无悔，生之无憾，其情之真，意之切，追求之心之执著，倒真是惊天地，泣鬼神了！

在同一片天空下，在族人曾经奋斗过的土地上，土地的颜色将变得更加耀眼。

部落遗址

马德清

部落的足迹
堆积为许多的梦幻
族人的汗渍是下不完的秋雨
那些没鲜红过的血液
浸泡着悲壮的故事
被鹰魂叼悬在空中的云层的傲气
已生长为许多真实的旗帜
飘扬在广袤的土地上
每一座荒原上都有它的声音
那些英雄中的英雄
将骨气编成文字的东西
刻写在岩石上
让雨洗澡
让风发疯
让人惊叹

昨天和今天是一枝火把
燃过以后可以看到许多的真实
天空还是那片天空
太阳依然从那个方向爬出来
那块土地上的颜色变得好耀眼
那座山上的声音变得好陌生

情深韵远 ◎盘静宇

部落遗址是被风沙荒草掩藏了千年的废墟，踩在族人用尸骨堆砌起来的废墟上，我们的感受是复杂的。废墟让我们联想到昔日这里留下的那一个个悲壮的故事，同时也喟叹它的消亡。虽然故事已经逐渐浑然不清了，可族人的精神种子却播在了这荒草丛中的残垣断壁上，他们的铮铮傲气还被苍鹰叼悬在清蓝的高空，残垣断壁在风雨的腐蚀下逐渐回归大地，但故事中的英雄及他们的风骨在岩石上永恒。我们举着火把，照亮昨天和今天，将历史的点滴看得明了清晰。遗址是历史留下的痕迹，我们站在族人为我们垒起的历史高度，去建造属于我们这个历史的辉煌。

华夏民族是一个多灾多难的民族，我们从遥远的亘古走来，一路历经了风风雨雨、坎坎坷坷，但我们从没停止过前行的步伐。中华民族这样的遗址有太多了，如圆明园，当追随着圆明园那些"部落的足迹"时，我们该思考些什么，难道我们只把它看做是帝国主义一场大火焚烧后留下的残缺风景？

废墟是人类历史前进中的必然，圆明园这样的废墟并不可怕，可怕的是我们麻木地把它当成了残缺的风景而不能在愤怒中崛起。站在废墟上，我们必须拿起"火把"把昨天和今天照亮。这点余秋雨看得最清楚，他说："废墟不会阻遏街市，妨碍前进。现代人目光深邃，知道自己站在历史的第几级台阶。他不会妄想自己脚下是一个拔地而起的高台。因此，

他乐意于看看身前身后的所有台阶。”

不错，废墟意味着一段旧历史的终结，但它同时也意味着一段新历史的开始，站在历史台阶半途的我们就应该多看看身前身后的所有台阶，进而在反思中沿着族人的台阶继续前进。族人的声音对我们来说已渐渐变得陌生，但只要我们拾起废墟中族人留给我们的那份铮铮铁骨，正如诗人所说的，在同一片天空下，在族人曾经奋斗过的土地上，土地的颜色将变得更加耀眼。

难道，两情相悦只能在世俗中挣扎？难道，两心相爱却因金钱而分离？这究竟是谁的悲哀？!

行　子

大　草

北大西门一条黑色胡同
一间平仄不齐的农民房
掀开帘子，是个酒吧，还是个静吧
进门是条过道，一面向街
一面背墙，间距不过五尺
一盏油灯让行子和我满面红光

那天，行子一头长发
捧杯子的姿势优雅
偶尔露齿的笑容天真无邪
她说我们就像两根筷子
可以一直延伸下去
变成两条老长老长的铁轨

不即不离。天南地北中
行子接了两个电话，同一个号码
回答说和客户在一起
她说是他，人很好
喜欢她的身体甚于她的头脑
我举杯祝福，说地老天荒

从酒吧出来，我们握了握手
行子说她来了就在附近
我钻进了一辆的士，先行离去
这个冬天的夜晚
行子为了见我费了多少周折才蒙混过关
这让我在温馨的北京，有丝丝不安

心有千结 ◎王 琦

《行子》描写的是诗人与朋友行子在北京一酒吧相聚相离的情形。诗人爱慕“头长发/杯子的姿势优雅/偶尔露齿的笑容天真无邪”的行子，可是行子却说他们“就像两根筷子/可以一直延伸下去/变成两条老长老长的铁轨/不即不离，天南地北中”。两情相悦却不能相恋，这是谁的错呢？难道，在世俗的面前，爱情真的不堪一击？对于他们的爱情我不禁感到悲哀，让人想起几米《向左走，向右走》中的一句：两条平行线也可能有交会的一天。但是这奇迹无法在他们身上显灵。

行子有了新男朋友。“行子为了见我费了多少周折才蒙混过关”，“行子接了两个电话，同一个号码/回答说和客户在一起”。不幸，诗人在行子心中沦为“客户”！难道，两情相悦只能在世俗中挣扎？难道，两心相爱却因金钱而分离？这究竟是谁的悲哀？！